I0618738

Michelangelo Fazio

Fantafisica

MNAMON

1. L'incontro con Silvia

"Ehi, Dario, senti questa! E' proprio tempo perso quello che dedico a mettere in guardia gli studenti contro certi errori! Nella prova scritta di Fisica di ieri chiedevo di calcolare la quantità di calore necessaria per liquefare un chilogrammo di ghiaccio e ci sono cascati tutti: pare che non sappiano ancora che il ghiaccio non liquefa, ma fonde!"

Il professore finì di correggere i compiti e accese il suo computer per trascrivervi i risultati, ma sul video appena acceso comparve la maledetta pallina che rimbalzando pazzamente da un lato all'altro dello schermo indicava la presenza di un virus.

Mike, questo era il suo nome, era ormai abituato alla presenza saltuaria dell'indesiderato ospite e caricò ugualmente il programma Esami, quello che conteneva tutte le informazioni sui risultati conseguiti dai suoi studenti; ormai sapeva che la pallina poteva continuare a saltellare qua e là, ma che era estremamente improbabile che potesse distruggere i suoi dati, dal momento che di tutti i suoi archivi aveva scrupolosamente fatto la copia di back up, cioè di riserva, su dischetti.

Ma questa volta la bizzarra pallina non aveva alcuna intenzione di scherzare: non appena caricò il programma, sullo schermo comparve una strana scritta: **Life not found.Werner.** Per i non addetti ai lavori, è il caso di precisare che quando si chiede al computer di caricare un programma e il computer non lo trova, risponde solitamente con la scritta **File not found** (che sta per **Programma non trovato**).

Mike si voltò verso il collega esclamando: "Guarda, guarda, questa è nuova: qualcuno è entrato in rete con uno strano messaggio; peccato però che di informatica direi che ne mastica poca, prima di tutto perché scrive **Life** anziché **File** e poi vuol fare lo spiritoso, firmandosi con il nome di un famoso scienziato tedesco, l'inventore delle V1 e V2, come se c'entrasse qualcosa con i computer. Questi pirati dei computer!"

Dario si avvicinò alla scrivania del collega, osservò la strana scritta sul computer e commentò: "Sarà qualche buontempone senza cattive intenzioni: chi ti dice che voglia ricordarti von Braun? Werner è un nome diffusissimo in Austria, Germania e Alto Adige."

Mike spense il computer rimandando la registrazione dei voti di esame e si avviò verso l'aula A dove doveva tenere la lezione di Fisica Generale. Durante la lezione si soffermò in particolare sull'importanza della correttezza del linguaggio scientifico, segnalando l'errore sul ghiaccio commesso nell'ultima prova di esame e ribadendo ancora una volta l'importanza di frequentare le lezioni.

Terminata la lezione, stava avviandosi verso il suo studio, quando gli venne incontro nell'atrio una splendida ragazza bionda, alta, slanciata, con i capelli corti tagliati a caschetto e due profondissimi occhi verdi.

"Mi scusi, professore, sono una sua allieva, Silvia Reder, e avrei bisogno urgentemente di parlarle; mi dispiace importunarla qui nell'atrio, ma si tratta proprio di una cosa davvero molto importante…"

Se si fosse trattato di un qualsiasi altro studente, Mike lo avrebbe forse allontanato con modi bruschi, ma l'affascinante ragazza lo rese molto più affabile del solito:

"Signorina, mi permetta di avanzare qualche dubbio che lei sia una mia allieva", la interruppe gentilmente Mike, "sono abituato a riconoscere quasi tutti i miei studenti anche se siete tanti, ma non mi capita spesso di incontrare una così splendida creatura e non mi pare di averla mai vista alle mie lezioni. Però, un momento, io tengo due corsi, uno di Fisica Generale e uno di Particelle elementari: forse lei si riferisce al secondo, che comunque non ho ancora iniziato; ma, anche se così fosse, come può dichiararsi mia allieva?" Comunque," continuò, riassumendo un'aria professionale quasi pentito del galante commento," se ha bisogno di parlarmi, venga pure nel mio studio in orario di ricevimento, giovedì tra le 10 e le 11."

"Mi perdoni, professore", gemette quasi la ragazza con tono supplichevole, "ma è una cosa per me della massima importanza, non mi potrebbe dedicare subito solo qualche minuto, mentre va nel suo studio? La prego...".

Il fascino di quelle eleganti movenze, di quei profondi occhi color mare, la voce suadente e le moine della ragazza non lo lasciarono indifferente e Mike, dopo un attimo di pausa, riprese:

"D'accordo, mi segua e ne parliamo subito, ma ho pochissimi minuti; speriamo si tratti di una cosa breve."

Attraversarono insieme l'atrio, percorrendo il vialetto nel giardino del settore didattico dove avevano sede gli edifici destinati alle aule e raggiunsero in breve lo studio di Mike; qui il professore le fece strada fino alla scrivania, vi accostò una sedia e la invitò a sedersi:

"La prego, si accomodi e mi dica di cosa si tratta: farò tutto il possibile per aiutarla."

Era insolito che Mike trattasse gli studenti con tanta gentilezza, di solito era sempre piuttosto burbero e scostante, ma questa volta il fascino della ragazza lo aveva trasformato, o meglio frastornato. Silvia si accomodò dopo essersi tolta l'elegante soprabito azzurro, che creava un accostamento cromatico indovinatissimo con il verde degli occhi e l'oro dei capelli e mise con malizia in chiara evidenza le sue forme perfette.

"Ecco, vede, professore, quando lei poco fa ha detto di non avermi mai notata - a proposito, la ringrazio del complimento - aveva ragione: in realtà, pur essendo iscritta a Fisica, non ho mai seguito i suoi corsi, solo oggi ho presenziato alla sua lezione in attesa di parlarle, ma intendo farlo non appena inizierà il corso di Particelle; quello che le voglio chiedere è se mi può assegnare una tesi di laurea sull'antimateria, perché finora ho già iniziato tre tesi diverse e le ho sempre cambiate perché non mi piaceva l'argomento assegnatomi dai suoi colleghi. Il risultato è che ho perso molto tempo e adesso intendo recuperarlo…"

Mike la interruppe subito: "Non vedo questa grandissima urgenza: lei avanzi regolare domanda di assegnazione di tesi alla apposita commissione, indicando più argomenti e, in base alle disponibilità dei docenti, le verrà assegnato quasi certamente uno degli argomenti proposti. Non è cosa che possa decidere solo io."

Silvia continuò: "Forse mi prenderà per matta, ma il fatto è che a me piace moltissimo la fisica moderna, in particolare quella nucleare e oggi per la prima volta ho capito che forse ho trovato quello che cercavo: ho assistito alla sua lezione e devo dire che, pur essendo un corso di primo anno del quale ho già sostenuto l'esame e di cui ricordo poco o niente, per la prima volta in vita mia ne ho capito qualcosa ed è per questo che ho pensato di rivolgermi a lei. Ma il mio problema non è solo l'argomento di tesi con un docente valido come ritengo sia lei, quanto il tempo: devo assolutamente laurearmi entro il mese di giugno."

"Signorina, dovrebbe sapere che lo svolgimento di una tesi prevede un periodo minimo di un anno solare e quindi mi sta chiedendo una cosa impossibile, dato che siamo già a novembre", precisò Mike.

"Professore", lo interruppe timidamente la ragazza, "mi pare che quando il laureando ha una media di voti molto alta e profonde il massimo impegno evidenziando notevoli capacità, la durata di una tesi si può ridurre, specialmente se l'argomento è molto difficile o se il laureando espone addirittura una nuova teoria…"

Questa volta il tono di Mike fu decisamente irritato: "Mi scusi, ma ho l'impressione che lei si stia un tantino sopravvalutando: sbaglio o toccherebbe a me, suo eventuale relatore, decidere se lei ha profuso il massimo impegno, se le sue capacità sono davvero notevoli e se la sua nuova teorìa è accettabile? non vorrà che io le firmi una cambiale in bianco promettendole tempi brevi se prima non l'ho vista all'opera; e comunque c'è sempre una prassi burocratica da rispettare."

"D'accordo, forse ho peccato di immodestia, però perché non mi mette alla prova, così potrà rendersi conto se è vero ciò che ho affermato? se invece lei è convinto a priori del contrario, allora è inutile continuare questo colloquio, mi scusi tanto e levo immediatamente il disturbo. Io intendevo solo chiederle di dedicarmi una piccola parte del suo tempo, ascoltando le mie idee su un argomento che lei conosce alla perfezione; del resto le ho sentito dire a lezione, proprio oggi, che lei, per giudicare la preparazione di uno studente non lo valuta per le centinaia di formule che ha imparato a memoria magari senza capire niente, ma per la capacità di astrazione che gli consente di vedere riflesse nei fenomeni della vita quotidiana le leggi della fisica...".

"Ma...", sbottò Mike.

"Mi lasci finire, per favore, e vedrà che non saprà darmi torto!", si infervorò la ragazza continuando: "a proposito, non mi ricordo se mi sono presentata: mi chiamo Silvia, ho 24 anni e, visto che lei lo chiede a tutti quando si presentano al suo esame, ho conseguito la maturità classica in una scuola di lingua tedesca.

Stavo dicendo che tutto sommato lei può ricevere più soddisfazioni da una giovane che viene da lei per apprendere una piccola parte delle sue enciclopediche conoscenze che non presentandosi a un consesso di scienziati ai quali certe cose non si possono più dire perché si dà per scontato che le conoscano (anche se a questo proposito ho molti dubbi, a giudicare da quello che mi raccontavano i miei professori di fisica al liceo)".

E riprese con entusiasmo: "Sa che mi è piaciuto quando ha spiegato perché, pur essendo il giallo il colore di massima sensibilità dell'occhio umano, i segnali di pericolo sono rossi? e mi ha lasciato estasiata quando ha spiegato perché il cielo appare rosso al tramonto, citando la meravigliosa colorazione delle Pale di San Martino e delle rocce del Rosengarten?

Lei ha la capacità di esplorare tutto ciò che ci circonda con una semplicità disarmante, come se fosse la cosa più elementare del mondo: per esempio, guardando qualche volta le partite di calcio in televisione, mi sono domandata più volte come facciano certi calciatori a tirare le punizioni in modo da aggirare la barriera e lei oggi me lo ha spiegato chiaramente con il meccanismo di quel moto che non mi ricordo più come diavolo l'ha chiamato…".

"Rototraslatorio", la interruppe Mike, continuando: "mi ascolti, signorina, mi aveva chiesto due minuti e sta parlando da dieci senza tirare il fiato un attimo: mi sembra un fiume in piena!; io avrei un impegno, ma forse, come mi ha fatto notare poco fa, è più piacevole parlare di fisica con lei che non ricevere quel noioso giornalista che vuole da me un articolo sulla fusione fredda. Può attendere un minuto? a proposito, perché, vista l'ora e sentiti i primi crampi allo stomaco, non continuiamo il discorso davanti a un frugale pasto? cosa ne dice?"

Silvia assentì con entusiasmo e Mike afferrò il telefono avvertendo il giornalista di rimandare l'incontro per "sopraggiunti improrogabili impegni di lavoro". Quindi prenotò un tavolo per due alla Capannina, un sobrio ristorante al Parco Lambro.

Mancava però ancora mezz'ora e si sedette nuovamente, rivolgendosi a Silvia:

"Mi scusi dell'interruzione, abbiamo ancora un po' di tempo. Dove eravamo rimasti?"

La ragazza riprese:

"Stavo dicendo che mi affascina la fisica come la presenta lei: tutto appare come la cosa più ovvia ed è per questo motivo che mi piacerebbe parlarne a lungo. Scommetterei che riuscirà a spiegarmi qualche strano fenomeno fisico anche quando saremo a tavola."

E continuò ancora a citare altre cose secondo lei interessanti che il professore aveva spiegato poco prima a lezione.

2. Il computer impazzito

Mike insegnava fisica generale nel corso di laurea in fisica, ma era considerato un grande esperto di fisica nucleare, essendo stato a perfezionarsi per due anni alla famosa Brain University americana, dove si era occupato in particolare della complessa teoria di Dirac sull'antimateria. Per questo motivo gli era stato assegnato dalla Facoltà anche il corso di Particelle Elementari e nelle prime lezioni aveva deciso di dare ai suoi studenti una rinfrescata di fisica classica, senza la quale è praticamente impossibile capire la fisica moderna.

Mike intanto, osservando attentamente e intensamente la ragazza, cominciava a rendersi conto di quanto fosse attraente; era raro incontrare una persona capace di tenere in piedi un discorso non certo facile con tale sicurezza; forse la sicurezza le derivava dalla consapevolezza del proprio fascino. Ma che cosa voleva realmente quella ragazza? non poteva essersi innamorata del professore, come capita spesso alle liceali? Mike lo escluse: era vicino alla cinquantina e poteva forse essere ancora considerato un bell'uomo, anche se un po' rotondetto; aveva molti interessi al di fuori della propria attività professionale, giocava a tennis, alle bocce, praticava lo sci di fondo, appassionato di fondali marini, gran camminatore in montagna, anche se terrorizzato dall'idea delle scalate, appassionato di filatelìa scientifica, abile organizzatore di gite e di cene per gli amici, sapeva cucinare, esperto raccoglitore di funghi, profondo conoscitore di vini, appassionato di musica classica, in particolare di Mozart del quale possedeva l'opera omnia, cantava in un coro di montagna, autodidatta in medicina, tutte cose insomma che avrebbero potuto piacere anche a una ventenne, ma Silvia non poteva conoscere tutti i suoi interessi e quindi Mike si sentì di escludere che l'interesse di Silvia per lui potesse spingersi al di là della necessità di avere da lui un qualificato aiuto nella preparazione della tesi, l'unico argomento del resto del quale lo aveva sentito parlare.

Ma perché aveva accettato immediatamente l'invito a pranzo? sembrava che stesse aspettando solo quello! in fondo, però,- pensò Mike - i giovani hanno molto appetito e tutto sommato ha fatto bene a non lasciarsi sfuggire l'occasione! in effetti, pur essendo ben fatta , non mi pare che indossi capi di grandi firme; può darsi che sia abituata a mangiare il solito panino in piedi al bar e quindi l'idea del ristorante può averla convinta, nonostante quello che dicono stia succedendo di questi tempi a Roma con le studentesse attraenti…Si risvegliò da tali riflessioni:

"Ah, mi scusi un attimo: prima di andare a pranzo devo registrare sul computer i risultati dell'ultimo appello; sa usare il computer?"

Alla risposta negativa della ragazza, Mike continuò :"E' diventato per me uno strumento di lavoro indispensabile, e pensare che l'ho odiato per anni, specialmente quando vedevo che nelle banche e negli uffici postali, un minimo errore dell'impiegato provocava code lunghissime agli sportelli; non si può dare in mano un computer a chi non sa intervenire per correggere i propri errori di manovra; quando ho scoperto che i programmi me li potevo costruire da solo, allora ho cominciato ad apprezzarlo. Le consiglio di fare altrettanto."

Ricaricò il file **Esami**, ma, tra un volteggio e l'altro della pallina del virus, ricomparve sullo schermo la scritta **Life not found.Werner.**

"Ancora questo maledetto virus! guardi, si diverte anche a prendermi in giro firmandosi con il nome di un celebre scienziato tedesco: ha mai sentito nominare von Braun? ma lei è troppo giovane per aver sentito parlare della V2! lei che ne pensa?"

Silvia osservò interessata lo schermo, poi guardò l'orologio: "Oh, mio Dio, devo proprio andare, si è fatto molto tardi e avevo dimenticato un impegno urgente. Forse ho esagerato, approfittando oltre misura della sua disponibilità; non voglio farle perdere altro tempo, mi scusi per l'invito a pranzo, ma sarà per un'altra volta, se ne avrà ancora voglia. Arrivederci. Tornerò in orario di ricevimento."

Si alzò e senza dar tempo a Mike di aprir bocca, uscì dallo studio.

Mike restò di sasso: cosa poteva essere accaduto? non aveva detto nulla che potesse avere turbato la ragazza anche perché aveva continuato a parlare solo lei. Forse si era pentita di aver accettato l'invito a pranzo, pensando di aver dato l'impressione di una certa leggerezza? Con una certa rassegnazione, Mike ricompose il numero della Capannina, scusandosi e annullando la prenotazione. Gli era passata la fame, un po' per il computer che non funzionava, un po' per lo strano comportamento di Silvia; questa volta Mike non potè sfogarsi con il collega perché era solo in stanza; con un gesto stizzoso spense il computer, prese con sé il dischetto e il foglio con i risultati da trascrivere e andò alla ricerca di un altro computer presso qualche collega. Werner stava davvero esagerando!

3. Strane coincidenze

Non poteva togliersi dalla testa Silvia; in fondo la conosceva da due ore e la prima impressione non era stata certo favorevole per quella sua aggressività quasi indisponente, per quel voler quasi violare l'intimità dei pensieri di un altro. Ma c'era in lei qualcosa di strano e di misterioso che lo attraeva, al di là di quella che poteva essere l'attrazione fisica e che tutto sommato Mike preferiva per il momento ignorare. Mike ricordò che il nome Silvia era ricorrente nella sua vita; al liceo l'aveva incontrato per la prima volta nei canti di Leopardi, il suo poeta preferito; poi Silvia fu il suo primo amorino sempre tra i banchi del liceo e la dovette lasciare perché suo padre, funzionario statale, dovette trasferirsi con tutta la famiglia da Savona a Milano. E oggi un'altra Silvia! Pareva quasi il disegno di una mente superiore e la cosa lo incuriosiva, anche perché, pur senza essere superstizioso, credeva nelle coincidenze.

L'indomani Mike ritornò in aula per la lezione di fisica, ma questa volta vi si diresse non con la malavoglia di chi da anni si appresta a ripetere sempre le stesse cose, ma con l'entusiasmo di un ragazzino che sa di andare incontro a qualcosa di piacevole.

Entrato in aula con un rapido sguardo indagante la esplorò totalmente, ma di Silvia nessuna traccia: eppure non potevano essergli sfuggiti pur nella calca quei suoi bellissimi capelli dai riflessi dorati. Tenne insolitamente la lezione con qualche incertezza, proprio lui che era apprezzato dagli studenti per la scrupolosa quasi ossessionante precisione sia nell'esposizione verbale che nello scrivere chiare e ordinate le formule sulla lavagna. La sua testa era altrove.

Al termine, un altro rapido sguardo di perlustrazione nell'atrio: "Chissà, forse non potrà venire a lezione a quest'ora perché ha impegni di lavoro magari a part time e mi aspetta al termine; o forse, ora che sa dov'è il mio studio, la troverò là ad attendermi".

Percorse a passo deciso il vialetto interno che lo portava al suo studio, ma anche qui una delusione: guardò speranzoso la segreteria telefonica, ma non vide nessun segnale di registrazione. Non aveva voglia di far niente quel giorno; decise di tornarsene a casa, anzi, visto che da mesi non ne aveva avuto modo, decise di passare in centro alle Messaggerie Musicali a cercare una cassetta dei Tazenda, il complesso sardo di musica popolare pseudoceltica che lui ammirava moltissimo.

Il giorno dopo era giovedì e Mike si fece trovare presto nel suo studio perché era giorno di ricevimento studenti, anche se sapeva a priori che, nonostante le sue continue raccomandazioni agli studenti di parlare con lui per avere suggerimenti sugli esami, di studenti se ne presentavano ben pochi.

Era da poco entrato nello studio, quando sentì bussare alla porta e, dopo un attimo, comparve Silvia sulla soglia: "Buongiorno, professore, posso? Come vede, ho rispettato gli orari, come mi aveva suggerito, ma stia tranquillo perché oggi sarò molto breve: sono venuta per avere una risposta alla mia richiesta dell'altro giorno. Allora, ha deciso se posso svolgere la tesi con lei?"

Mike non la lasciò finire: "Ma sa che lei è davvero uno strano tipo? Dopo aver preso un impegno con me, mi lascia come si suol dire in braghe di tela, andandosene via all'improvviso mentre mi sta parlando di cose interessantissime; forse si è offesa perché l'ho interrotta accendendo il computer? se è così, le chiedo scusa, ma mi lasci dire che è molto suscettibile. Poi ricompare come niente fosse fingendosi quasi offesa... Le pare il modo di fare? Per quanto riguarda la sua richiesta, mi pareva di averle già detto chiaramente che mi è impossibile poterla accontentare: posso darle tutti i suggerimenti che vuole, posso prestarle dei testi e degli appunti, può venire a trovarmi quando crede, anche al di fuori dell'orario di ricevimento, mi immagino l'invidia dei miei colleghi, ma l'assegnazione della tesi alle condizioni da lei richieste non dipende solo da me. E poi, sinceramente, non capisco tutta questa premura! Tutto quello che posso fare per lei per ora è una verifica del suo livello di conoscenze per affrontare un tema pesante e delicato come quello dell'antimateria".

Poi, cambiando argomento, continuò: "Mi piacerebbe invece continuare il discorso dell'altro giorno: non mi ha detto nulla di lei, so solo che si chiama Silvia e che ha cambiato già tre tesi, e questo non depone a suo favore, mentre lei probabilmente non conosce neppure il mio nome, anche se forse lo ha letto su qualche mio avviso esposto in bacheca. Per esempio, sono curioso di sapere che cosa l'ha spinta a cambiare tesi: ci deve essere un motivo ben preciso per aver preso questa decisione; non mi sembrano sufficienti le sue motivazioni dell'altro giorno".

Silvia abbozzò un sorriso di circostanza: "Mi scuso per l'altro giorno, ma mi sono ricordata all'improvviso di un importante impegno e mi sono vergognata della scortesìa nei suoi riguardi al punto che ho preferito andarmene. Comunque, se l'invito è ancora valido, sono pronta a farmi perdonare da lei quando crede. Ma insisto, professore, per la tesi: cominci pure anche subito a mettermi alla prova; ho proprio bisogno di lei, mi creda; non è vero che c'è tanto tempo davanti, perlomeno non per me; capirà più avanti, non mi chieda nulla adesso, per favore!"

Nel dire queste parole Silvia appariva profondamente turbata e Mike non riusciva a distinguere dal suo tono di voce se cercava di nascondere qualcosa di veramente grave o se invece voleva solo arrivare al più presto al traguardo della laurea forse per avere già qualche buona prospettiva di lavoro; ebbe anche il dubbio che vi fosse sotto qualche serio motivo di salute, ma lo scartò subito:

era impossibile, almeno a giudicare dal fiorente aspetto di Silvia, che la sua salute fosse malferma. Poteva trattarsi di qualche familiare o di qualcun altro a lei molto vicino, ma anche in tal caso, perché questa gran fretta di laurearsi in tempi giudicati troppo brevi dalla Commissione Tesi?

4. La tesi

Mike era sempre più incuriosito; gli sembrava quasi di trovarsi di fronte a un giallo del quale non riusciva a venire a capo, perciò sui due piedi decise di andare incontro alle richieste di Silvia:
"Senta, Silvia, - mi permette di chiamarla per nome, vero? - sa che mi ha convinto? io l'aiuterò, ma solo a un patto, che quando dovrà sostenere la dissertazione di tesi finale non sarò io il suo relatore, ma un mio collega della commissione. D'accordo? farò conto di aiutare lei come se dovessi aiutare mia figlia al liceo scientifico...".
Silvia non lo lasciò finire: "Stavo per gettarle le braccia al collo dalla gioia, ma con l'ultima sua uscita ha rovinato tutto: poteva risparmiarsi di confrontarmi a sua figlia! Dovrei forse ringraziarla per questo suo amore paterno? comunque sia, sono d'accordo! quando e dove cominciamo?"
Discussero per qualche minuto dei loro impegni, ma gli spazi comuni liberi da dedicare alla fisica erano davvero estremamente ridotti; la cosa incuriosì ulteriormente Mike: possibile che, pur frequentando pochissime lezioni, Silvia abbia così poco tempo libero? forse lavora e non vuol farlo sapere? o c'è sotto qualcos'altro?
"Senta, Silvia, se vuole andar d'accordo con me deve essere chiara e sincera fin dall'inizio: io le sono venuto incontro comprendendo le sue esigenze, ma lei è troppo misteriosa: stiamo parlando e sparisce istantaneamente, ha una folle fretta di laurearsi in tempi inspiegabilmente brevi, ma davanti alla possibilità di venire aiutata, sembra quasi che la cosa non sia più per lei così importante; davvero non la capisco! si decida!".
Silvia lo guardò con aria supplichevole: "Professore, la scongiuro, non insista, si tratta di una questione di vitale

importanza e non solo per me; se avrà un po' di pazienza prima o poi gliela chiarirò. Vediamo piuttosto se è possibile trovare uno spazio comune che vada bene per entrambi."

Dopo altri tentativi, riuscirono ad accordarsi per due ore pomeridiane settimanali nello studio di Mike e iniziarono il giorno dopo.

Silvia mostrava evidenti difficoltà in matematica, le riusciva stranamente difficile seguire tutti i passaggi delle varie dimostrazioni di leggi e formule, viceversa era in possesso di profonde capacità logiche che le consentivano di capire immediatamente le conseguenze di una legge e la cosa non poteva che far piacere al professore.

Gli incontri continuavano da tre settimane e Mike poté notare qualche miglioramento: l'impegno di Silvia era notevole, ma la ragazza non frequentava quasi mai le lezioni del corso che nel frattempo Mike aveva iniziato e Mike dovette intervenire:

"Ho l'impressione che stiamo sprecando tempo: se lei viene da me due ore alla settimana e non segue anche le mie lezioni in aula, tutto quello che spiego a lezione le sfugge e mi tocca ogni volta ricominciare daccapo."

5. I primi approcci con l'antimateria

Pur se il programma del corso prevedeva praticamente tutta la fisica moderna, Silvia sembrava interessata unicamente all'antimateria ed era un'impresa ardua per Mike farle capire che erano necessarie solide basi anche in fisica quantistica; Silvia era affascinata anche dall'astrofisica e interrompeva spesso Mike per porre domande su tali argomenti, facendo spesso spazientire Mike:

"Signorina, sappia che nel mio corso non parlerò mai dei pianetini; essi vengono trattati nel corso di Astrofisica, ma se vuol saperne qualcosa ne parleremo più avanti; non capisco tuttavia che connessione possano avere con l'antimateria!"

Silvia giustificò così la sua curiosità :

"I pianetini potrebbero essere frammenti di esplosioni di una supernova: le supernovae emettono enormi quantità di energia e tali esplosioni stellari secondo alcuni astrofisici potrebbero essere dovute a scontri di materia e di antimateria."

Mike dovette ancora riprenderla:

"Se anche le dicessi che è vero, lei conosce davvero la differenza tra una nova e una supernova? sa proprio tutto sull'antimateria? conosce l' elettrodinamica quantistica e tutti gli studi di Dirac per poter capire come è arrivato alla congettura dell'antimateria? per favore, procediamo per gradi e la sua sete di conoscenze sarà appagata!".

Il loro rapporto era piuttosto freddo: Mike tentava ogni tanto come diversivo per alleggerire il peso della lezione di curiosare sulla vita privata di Silvia, ma invano; non era riuscito a sapere dove abitava, se era sola o con la famiglia, da quale città venisse.

Mike, al contrario, parlava molto di se stesso, ma, per quanti sforzi facesse, non era riuscito a conoscere i gusti della ragazza se non attraverso qualche argomento di fisica: per esempio, spiegando la pressione e l'influenza sulla temperatura di fusione del ghiaccio e citando come esempio perché gli sci da fondo sono più sottili di quelli da discesa, aveva scoperto che Silvia era appassionata, come lui, di sci da fondo; in un'altra occasione, durante lo studio degli urti, aveva citato l'esempio dell'urto tra pallina da tennis e racchetta e aveva saputo che Silvia, come lui, giocava regolarmente a tennis; e ancora, parlando delle corde vibranti e delle frequenze delle note musicali, avevano scoperto la passione comune per Mozart e, subito dopo, per Beethoven, ma Mike avrebbe voluto parlare con lei anche di teatro, di letteratura, di pittura perché quella ragazza aveva conoscenze, e non troppo superficiali, in quasi tutti i settori dello scibile umano.

6. La poesia

Un giorno decise di cambiare stratègia: mentre stava parlando della teoria gravitazionale di Einstein, immancabil-
mente il discorso cadde su Newton e sulla famosa leggenda della mela, su come Newton giunse alla scoperta
della legge di gravitazione universale chiedendosi come
mai la mela gli fosse caduta in testa mentre la Luna non
cadeva sulla Terra e colse l'occasione dell'ilarità suscita-
ta nella ragazza alla sua affermazione che forse Newton
aveva avuto l'ispirazione solo dopo aver ricevuto la mela
in testa:

"Non è la prima volta che un trauma cranico migliora il
livello mentale degli individui: c'è chi dopo una botta in
testa rincretinisce, ma c'è anche chi diventa un genio!"

"Lo sa che anni fa ho scritto una poesia sull'argomento,
una delle tante che a tempo perso mi diverto a scrivere;
qualcuna è anche stata musicata dal maestro del mio coro
di montagna e viene cantata da molti cori in rassegne e
concerti; non ovviamente quella su Newton!"

"Ma dove trova lei il tempo di fare tutto quello che fa?
oltre che scrivere libri per il liceo e l'università, si mette a
fare anche il poeta! mi piacerebbe leggere la sua poesìa!"

Finalmente si era rotto il ghiaccio; era quello che Mike
aspettava: accese il computer dove teneva archiviata anche la sua "produzione letteraria", ma si ricordò dei problemi insorti quando aveva cercato di usarlo nelle ultime
volte, perciò, appena rivista sullo schermo la malefica
pallina del virus, tentò un modo diverso di aprire il file e
questa volta cambiò la risposta: **"Seek. Werner"** che vuol
dire nel linguaggio del computer "Cerca". Il solito Werner era tornato alla carica! Questa volta Mike, pur doman-
dandosi se nei successivi messaggi c'era qualche concate-
namento logico, non volle rinunciare a mostrare a Silvia il

suo piccolo capolavoro e ripetè il comando: stranamente il bizzoso Werner accettò il comando e Mike ebbe via libera per caricare il programma, non prima di aver osservato: "Il mio computer ha simpatìa per lei: dopo quindici giorni che cerco inutilmente di farlo funzionare ecco che davanti a Silvia si commuove e decide di mettere da parte il virus; la chiamerò la ragazza antivirus! Ecco qui la mia poesìa su Newton; non ha alcuna pretesa letteraria, è solo uno scherzo, ma non è certo al livello di quelli musicali di Mozart!"

Ser Isacco

Ser Isacco tranquillo passeggiava,
così intento ed assorto nel pensare,
che un villan, che in un orto lavorava,
riuscì a fermarlo e a farlo chiacchierare.

Intanto un vento tepido spirava
e, col suo soffio, or forte, ora leggero,
dai meli i fiori pallidi strappava
che, ondeggiando, cadeano sul sentiero.

E a Newton, serio, il contadin chiedeva:
"Ho udito dir di te, oggi, in città,
che, guardando una mela che cadeva,
hai scoperto una grossa novità.

Ti prego, dunque", proseguì il villano,
"spiegami un poco, fammi un po' capire."
Allor, levando al cielo la sua mano:
"Stai bene attento:" Newton prese a dire

"la stessa forza che, nel ciel stellato,
tiene la nostra dolce amica luna,
e che decresce con r al quadrato,
pur sulla luna agisce. E' una fortuna…"

"Ti prego" disse il contadino "cessa,

non è il caso di perder tante ore,
un'altra cosa è ciò che mi interessa
sull'albero di mele tutto in fiore

e sui frutti che 'l sol fa maturare;
io vo' saper" concluse 'l villan, lesto,
"io vo' saper se tu le vuoi comprare,
quanto denaro mi daresti al cesto."

"Bellissima! è riuscito a costruire un simpatico aneddoto su un fatto così importante; ha davvero una gran fantasìa; e poi mi piace la metrica, a rime alternate e in endecasillabi, come nella Divina Commedia; non ha pensato di comporla in terzine?"
Mike la interruppe:
"A proposito di Divina Commedia, lo sa che sto rileggendola tutta per cercare qualche riferimento di fisica? è opinione diffusa che il medioevo fu per la fisica un secolo buio, ma non ne sono convinto: secondo me Dante conosceva molte leggi della fisica, forse dopo essersi letto Aristotele che non a caso è il suo ispiratore nella Divina Commedia."
"Ha scritto altre poesie di fisica, magari di fisica moderna, sulle stelle o sull'antimateria?"
"Ne ho scritte altre, ma mai su temi specifici, sempre e solo su personaggi; una sul grande Bohr, il fisico danese che ha quantizzato l'atomo, l'altra su Rutherford, uno dei padri della radioattività e una su uno strano astrofisico, Eddington, che dava eccessiva importanza ai numeri e che nelle sue teorie sull'universo dava loro un posto predominante."
"Me le fa vedere? e poi me ne potrebbe stampare una copia? le chiedo troppo?"
Mike ritornò sulla poesìa dedicata a ser Isacco:
"La ringrazio dei complimenti, ma un vero poeta non deve usare la rima baciata o alternata che sia: deve essere

capace di scrivere una poesia e trasmettere al lettore i sentimenti espressi senza ricorrere al sotterfugio della rima che, tra l'altro, rende difficile la recitazione; quando penso a una poesìa, mi viene in mente la donna: se è bella, non ha bisogno di trucco, se ne accorgono tutti ugualmente, ma se vale poco, per mettersi in evidenza comincia a riempirsi la faccia di ciprie, belletti, rossetti, ciglia finte.

Guardi lei, per esempio: ha un bel visino tutto acqua e sapone e sono sicuro che qualunque pastrocchio cosmetico, la renderebbe meno affascinante."

"Professore, mi fa arrossire: è la prima volta che la sento rivolgermi un complimento così delicato: non l'avevo ancora conosciuta sotto questa luce; ma non deve denigrare la sua poesìa, dopo tutto per lei è solo un hobby: avrei voluto vedere Foscolo, Carducci o lo stesso Leopardi, che per me è il più grande di tutti, se avessero voluto cimentarsi in un problema di fisica!"

"Mi fa piacere sentire che anche Leopardi ci accomuna: anche per me è davvero il più grande e poi ha scritto il canto A Silvia, quindi se ne intendeva davvero di bellezza femminile; ma penso di sapere il motivo della sua passione per Leopardi: ha scritto il rno che è un inno alle bellezze dell'universo stellato e insieme un pianto sui mali che affliggono l'uomo e sui suoi limiti e mi pare che lei abbia una predilezione per gli extraterrestri, le supernovae, l'antimateria…"

Silvia ebbe un impercettibile sussulto, come l'avesse scossa un brivido di febbre.

"Che ha, si sente poco bene? forse è meglio che vada a prendere un po' d'aria; io fumo troppo e l'aria del mio studio è viziata, me lo dice sempre anche il mio collega Dario."

"No, solo che quando sento parlare di cose così misteriose, così lontane da noi, sento come un brivido cosmico, lo stesso brivido che provo quando rileggo Leopardi: anche lui trovava la miglior vena perdendosi nell'infinito dei cieli. Ha presente Le Ricordanze : "Vaghe stelle dell'Orsa...".

A proposito di Leopardi, sa che le devo dare ragione? non ha mai scritto in rima se non i primi componimenti giovanili, e davvero la sua poesia è la più grande ed è quella che si riesce a recitare meglio. Poco fa mi ha fatto notare che abbiamo in comune anche la passione per Leopardi oltre a quella per Mozart: ha mai pensato al loro triste destino: entrambi morti giovanissimi dopo aver regalato all'umanità pagine eterne; una strana coincidenza!"

"Mi dimenticavo che mi ha chiesto di vedere altre mie poesie; da dove vuole cominciare?"

"So molto poco della storia della radioattività e dei quanti non so ancora niente, quindi forse è meglio cominciare da quel signore di cui non ricordo il nome che scherzava con i numeri: un po' di matematica non mi fa male!"

"Bene, allora parliamo di Eddington!"

Il computer era ancora acceso e Mike fece apparire sullo schermo la poesiuola che aveva composto.

137

Pur se la nostra mente assai labora,
e ognun delira e ognun rimane ansioso,
il centotrentasette resta ancora
un numero del tutto misterioso!
Ma Eddington lo vede molto chiaro
e accusa chi gli dice ch'è un somaro.

Quel numero - egli dice - rappresenta
le dimensioni inver del nostro mondo
in cui Sir Arthur vive e ci tormenta
dicendoci ch'è quadro ciò ch'è tondo!
Il mondo in cui noi tutti insiem viviamo?
Ma non è serio, via, su, basta, andiamo!

Ebbene, un giorno un numero ho trovato,

ve lo rivelo come un gran mistero:
milleottocentoquaranta, ho dimostrato
ch'esso soltanto è importante davvero!
Sir Arthur ciò ch'è tuo prendi e sta zitto,
per sempre avrai da esso ogni profitto!

Il numer mio s'adatta di sicuro
a un mondo le cui grandi meraviglie
noi scoprirem nel prossimo futuro
e, d'ora in poi, nel mio genial pensiero
e l'1 e l'8 e '1 4 e poi lo 0
alla luce del Sol possan brillare
riuscendo anche il Demonio ad ingannare!

"Devo dire che non ne capisco niente! Mi spiega cosa vogliono dire quei due numeri, il 137 e il 1840?"
"Non è facile", rispose Mike, "il numero 137 è un numero
che noi fisici chiamiamo numero puro, cioè senza unità di
misura, che si ottiene però combinando tra loro molte co-
stanti fisiche fondamentali tutte dotate di unità di misura,
in quanto rappresentano grandezze fisiche. Per farle un
esempio, se io le dico che questa stanza è lunga quattro
metri, sto parlando di una grandezza fisica che è la lunghezza, per esprimere la quale devo ricorrere al metro che
è un'unità di misura, ma se le dico che ora dentro a questa
stanza ci sono due persone, il numero 2 è un numero puro
perché non deve essere accompagnato da alcuna unità di
misura. Mi capisce?"
"Insomma… Povero Eddington! chissà quanta fatica a
convincere l'umanità dell'importanza di quel numero!
ma non ho capito perché proprio quello era così importante, in fondo questo libro ha 380 pagine e la tastiera del
suo computer ha 82 tasti e sono numeri puri anche questi,
ma non credo siano altrettanto importanti!"
"Dunque, quel numero, il 137, è stato trovato eseguen-
do dei calcoli per spiegare perché le righe di uno spet-

tro luminoso non sono compatte, ma, se osservate a un microscopio, appaiono formate da tante righe vicinissime che a occhio nudo non riusciamo a distinguere. Poiché ciò vale anche per le righe dello spettro della luce delle stelle, Eddington era convinto che quel numero misterioso contenesse informazioni sulla struttura dell'universo e in tal senso orientò le ricerche degli ultimi anni della sua vita. Ma i suoi denigratori lo deridevano inventando altri numeri a caso, come il 1840, a cui attribuire le stesse proprietà."

"Lei mi rimprovera sempre della mia innata curiosità per l'universo, ma vedo di non essere sola : gira e rigira, si va sempre a finire nel curiosare al di fuori della nostra Terra! Ma mi dica una cosa: mi pare di vedere sempre una certa qual sottile ironìa nelle sue poesie; nella prima fa prendere in giro il povero Newton da un contadino, qui invece è l'intera comunità scientifica a prendersi gioco di Eddington. Sono tutte quante sul faceto anche le altre sue poesie? Ho quasi l'impressione che lei per primo sia poco convinto delle verità della scienza, o mi sbaglio?"

"Si sbaglia, eccome! Io sono convintissimo delle verità della scienza, della fisica in particolare, quando sono verificate sperimentalmente, non quando vengono imposte come dogmi. E' questa differenza che mi fa preferire Galileo ad Aristotele. Con ciò non intendo dire che Newton fosse un dogmatico: quella che lei chiama giustamente ironìa a volte è necessaria per sdrammatizzare e alleggerire un discorso che a volte si fa troppo pesante, quale quello della gravitazione universale. E poi, ci pensi, come si potrebbe scrivere una poesìa su una formula di fisica?"

"Sono d'accordo, ma, per parlare d'altro, lei ha citato i dogmi della fisica, ma qual è la sua opinione su altri dogmi, per esempio quelli della religione? una verifica sperimentale del moto di caduta dei gravi o della struttura composta del nucleo atomico è fattibile, ma la stessa cosa diventa impossibile per il dogma dell'Assunta o il dogma della verginità di Maria, nonostante l'incredulità di San Tommaso. Qual è la sua posizione in proposito?".

"Andiamo troppo sul difficile, cara Silvia! Dove la ragione non ci può più venire in aiuto, si può, anzi si deve, solo ricorrere alla fede; il mio non è un modo di svicolare su un argomento molto delicato, ma in fondo si richiama all'uso di una certa razionalità: in fondo, come si può pensare, osservando tutto ciò che avviene attorno a noi, che non sia opera di una Mente superiore ordinata e intelligente? si può davvero pensare che il regolare succedersi delle stagioni, il moto degli astri nel cielo, il ciclo riproduttivo del mondo animale e vegetale, le bellezze della natura - di cui ho davanti a me uno splendido esempio, - la creazione degli elementi possano essere fatti casuali? oppure può pensare che l'opera di uomini come Einstein, Mozart, Leonardo, Raffaello, Leopardi si esaurisca con il loro ultimo respiro e di loro resti solo un pugno di polvere? Non può non esserci un aldilà: sa che ogni tanto penso alla teoria della reincarnazione? non le è mai capitato di andare in luogo mai visto e di trovarlo proprio come se lo immaginava? oppure di vivere un fatto che le pare di avere già vissuto o di incontrare persone che crede di aver già visto altrove, magari in una precedente vita? ma stiamo andando sul difficile, torniamo con i piedi per terra."

7. Il segreto di Silvia

Per quel giorno si lasciarono così. Le settimane passavano rapidamente e Mike e Silvia impararono a conoscersi sempre meglio. Qualche volta interrompevano la lezione per andare al bar a prendere un caffè, qualche altra volta pranzavano assieme alla mensa universitaria e la assidua presenza della bellissima Silvia accanto al professore non poteva passare inosservata.

Un giorno Mike a una riunione del Consiglio di Facoltà incontrò il collega Ducci che così lo apostrofò: "Mi spieghi che cos'hai di particolarmente interessante per aver colpito in modo così duraturo la biondina? Ha iniziato la tesi con Franchini, ma dopo un mese si è stufata ed è scomparsa.

E' venuta da me e la cosa si è ripetuta dopo 15 giorni; con te vedo che le cose vanno bene, sono almeno tre mesi che vi vedo in giro insieme: si sta preparando bene per la tesi? o c'è dell'altro? naturalmente avrà raccontato anche a te la storia dell'urgenza della laurea, avrà mostrato un insolito interesse per l'astrofisica e per l'antimateria, ti avrà parlato di una questione vitale che ti spiegherà prima o poi, o no?"

Mike fu raggelato dalle parole del collega; ormai considerava Silvia quasi come una sua scoperta, la sentiva come una cosa sua, e il venire a sapere che altri prima di lui l'avevano incontrata e avevano parlato con lei delle stesse cose gli fece crollare il mondo attorno.

Perché Silvia, mentre continuava a dimostrarsi felice di averlo incontrato, non aveva mai parlato degli altri? cosa poteva essere successo? Mike credeva di aver capito: lui si era sempre comportato con Silvia con la massima correttezza, mai una parola allusiva, mai una mano fuori posto, mai un complimento pesante; per lui Silvia era una cosa eterea, divina, era una nuova spiritualità, era quasi un'entità immateriale, una seconda anima e il solo pensiero che qualcuno dei suoi colleghi avesse potuto tentare approcci di altro genere lo mandò su tutte le furie. Ebbe una risposta pesante verso il collega:

"Non voglio pensare che tu e Franchini conosciate la fisica meno di me; forse è più adatto per lei il mio modo di porgere la materia; a meno che non vi siate comportati scorrettamente nei suoi riguardi, cosa che non mi sentirei di escludere, conoscendovi...!".

Ducci lo interruppe seccamente: "Guarda che la stessa cosa la pensiamo noi di te, non ci sono altre spiegazioni! Comunque staremo a vedere quanto durerà e chi sarà il prossimo fortunato mortale. Ti saluto, Mike!"

Naturalmente, da quel giorno quando Mike e Ducci si incontravano, non si salutavano più.

L'incontro con Ducci aveva turbato profondamente Mike, ma non sapeva come affrontare il discorso con Silvia; del resto non avrebbe potuto per ovvie ragioni riferire tutti i dettagli del breve colloquio con Ducci, né voleva dare l'impressione di essere geloso dei due colleghi che lo avevano preceduto nella sfortunata esperienza con Silvia, perciò studiò il modo di prendere il discorso molto da lontano.

8. Una proposta imbarazzante

Quando Silvia arrivò nel primo pomeriggio, Mike esordì:
"Oggi voglio fare una verifica del suo livello di preparazione, perché il tempo passa, abbiamo fatto delle piacevoli variazioni sul tema, spaziando a volo pindarico, dall'arte alla religione, alla letteratura, ma è ora di stringere i tempi, perché siamo a fine dicembre e manca ancora buona parte del programma; comincio ad avere qualche dubbio che lei possa essere pronta per la sessione di tesi di giugno..."
Silvia, allarmata, lo interruppe:
"Non vorrà dirmi che dovrò aspettare ottobre! non posso proprio rinviare così a lungo! non possiamo intensificare il ritmo delle lezioni? la prego, faccia il possibile, ma devo a tutti i costi laurearmi entro giugno!"
"Non si preoccupi, male che vada ce la faremo entro luglio. Piuttosto possiamo iniziare una breve carrellata di ripasso?"
Come Mike temeva, la ragazza aveva trascurato tutta la parte di programma di fisica classica, non sapeva risolvere un solo esercizio, non sapeva scrivere alcuna legge, mentre nettamente più elevato era il livello di conoscenze in fisica moderna, dove Silvia si esprimeva con notevole padronanza di linguaggio, collegando con prontezza i vari settori della fisica nucleare; aveva addirittura divorato i testi che Mike le aveva prestato sugli argomenti. Mike, preoccupato per il ritardo di preparazione nella prima parte del programma, riprese:
"Come temevo, il problema che la riguarda non è quello della data, ma un altro: mi sono reso conto che lei continua a ignorare una grossa parte del programma e si interessa solo di una parte limitata! posso capire preferenze per un argomento rispetto ad altri, ma non si può costruire una

casa partendo dal tetto ed è quello che sta facendo lei. Lo sa che sta davvero rischiando un rinvio?"

Silvia non lo lasciò finire: "Me ne sono accorta anch'io, purtroppo ed è per questo che vorrei avanzare una proposta per trovare un po' di tempo in più per la mia tesi: mi pare che il corso di Particelle finisca il 31 gennaio: è vero?"

Alla risposta affermativa di Mike, continuò:

"Pensa di essere libero dopo tale data? se così fosse, le proporrei una vacanza di lavoro di quindici giorni in alta montagna in una baita a 3000 metri sopra al lago di Landro proprio sotto la Croda Rossa, una vetta che dovrebbe conoscere benissimo, almeno a giudicare dal calore con cui ne ha parlato a lezione.

E, vedendo che Mike la osservava tra l'allibito e l'incredulo, proseguì con entusiasmo: "Pensi che meraviglia: dalle pur anguste finestrelle si vede in alto la Croda, sulla sinistra il lago di Landro con le Tre Cime di Lavaredo sullo sfondo e a sud il Pomagagnon con il Cristallino. Non si spaventi, è una vecchia ma confortevole baita lasciatami dai miei nonni tedeschi, è riscaldata a legna e per i viveri non ci sono problemi: i finanzieri di Dobbiaco sono attrezzati con motoslitte e jeep e ci daranno una mano. Nel tempo libero, se ci sarà ancora neve in quel periodo e a quella quota non è da escludere, potremmo fare qualche bel giretto con gli sci da fondo sul percorso della Dobbiaco-Cortina, così potrò verificare personalmente se è proprio vero, come lei ha spiegato a lezione, che gli sci da fondo si fanno più stretti degli sci da discesa per facilitare la formazione di acqua da fusione che fa da lubrificante riducendo gli attriti; poi se lei porta dietro un termometro dal suo laboratorio, sono curiosa di vedere se è vero che l'acqua a 3000 metri bolle davvero sotto i 100 gradi, come pure voglio vedere se davvero gli spaghetti a tale altezza cuociono male; vede che ho scelto bene il luogo? Cosa ne dice? Ah, dimenticavo che dobbiamo portarci dietro il mio compact portatile, un po' di dischi di Mozart, in particolare il concerto K622, il suo preferito, senza lasciare a casa il Concerto in Re minore, op.61, di Beethoven e poi, per non appesantire troppo l'atmosfera, un po' di musica dei Tazenda: so che lei è un adoratore della musica e della civiltà celtica. E le dò ragione: pensi a quante regioni europee ricordano nel proprio nome quel civilissimo popolo: la Gallia, la Galizia, il Galles, la Gallura; ha saputo che in una sperduta valle bergamasca, la Val di Scalve, hanno scoperto che il nome del fiume Dezzo che la attraversa è di origine celtica?"

Mike con molta calma osservò: "Vedo che ha pensato proprio a tutto! Silvia, lei vede tutto facile; figurarsi se non mi interessa ritornare tra quelle meravigliose cime: ha mai visto la Croda Rossa innevata al tramonto? è uno spettacolo indimenticabile! ma glielo spiega lei a mia moglie e alle mie figlie che io me ne vado a svolgere la tesi di una splendida bionda poco più che ventenne in una romantica baita sperduta tra i monti di Cortina? la ringrazio della generosa proposta tentatrice, ma credo proprio che non se ne possa fare niente; e poi, anche per quanto la riguarda, avrà anche lei una famiglia, che so... un ragazzo, un fidanzato, possibile che nessuno abbia niente da ridire?"

Silvia lo guardò con aria di sfida:

"Professore, lei è stato in America per due anni - so anche questo di lei, come so che si chiama Mike - lei partecipa annualmente a tanti congressi scientifici in tutto il mondo e mi vuol far credere che non può inventare un congresso, o una scuola invernale di fisica cosmica tenuta in alta montagna proprio per permettere una migliore rilevazione dei raggi cosmici in atmosfera tersa? Non mi dica che la spaventa l'idea di stare solo con me per quindici giorni: faccia conto di essere con sua figlia, me lo ha detto proprio lei! Allora, posso preparare lo zaino?"

Mike era turbato, passò velocemente in rassegna tutti i possibili motivi che potessero spingere Silvia a comportarsi in quel modo:

"Non si rende conto la ragazza di offrire di sé un'immagine di scarsa serietà? d'accordo, i tempi sono cambiati, ma non credevo fino a questo punto!"

Non si sentiva di rifiutare un'offerta così generosa quanto imbarazzante, perciò prese tempo cambiando discorso:

"L'idea mi affascina, Silvia, e la ringrazio; ma vorrei capire meglio: quello che mi incuriosisce in lei è che una ragazza di poco più di vent'anni abbia una messe di conoscenze così spaventosa; ci vogliono decine di anni per conoscere le montagne e lei conosce il nome di molte cime dolomitiche, che non può aver certo appreso al liceo; come fa a sapere che sono un appassionato di cultura celtica, come fa a conoscere i miei gusti in fatto di musica classica, come fa a sapere che sono stato negli Stati Uniti? Non si sarà rivolta alla Digos per avere tutte queste informazioni sul mio conto?", proseguì ridendo Mike.

"Non è stato necessario; certe informazioni me le ha date più o meno direttamente lei, altre le ho dedotte osservando con attenzione questa stanza; sopra alla scrivania vedo dieci magnifici fotocolor del Catinaccio, del Sass Maor, della Croda Rossa, dell'Alpe di Siusi, delle Odle e non ci vuole un intuito geniale per concludere che lei è appassionato delle Dolomiti! per quanto riguarda poi Mozart, ho notato quattro ritratti molto stilizzati ma chiaramente riconoscibili di grandi musicisti con i loro più famosi interpreti: Verdi con Toscanini, Mozart con Walter, Beethoven con Furtwängler e Bach con Schweitzer.

"Possibile che gli piacciano tutti e quattro i compositori?, mi sono chiesta, ma poi, osservandoli attentamente, ho notato la disposizione verticale con Mozart al primo posto della colonna."

"Infatti", la interruppe Mike, "non mi interessavano tutti e quattro i ritratti, ma facevano parte di una collezione che ho dovuto acquistare in blocco. Mi interessavano solo Mozart e Beethoven, ma pur di non rinunciare a loro, ho acquistato il tutto. Lei ha uno spirito di osservazione straordinario: mi pare uno Sherlock Holmes in gonnella, anzi, mi scusi, in jeans."

"Ma continui pure, la cosa mi diverte moltissimo: e il riferimento alla civiltà celtica da dove arriva?", proseguì Mike.

"Me lo ha fatto capire lei, professore: quando sono entrata il primo giorno, ho visto sulla sua scrivania una cassetta del complesso sardo dei Tazenda e chi apprezza la musica dei Tazenda non può che essere appassionato di musica celtica e della loro civiltà. E per quanto riguarda l'America, l'ho letto sul risvolto della copertina del suo libro di Metrologìa. Soddisfatto? Piuttosto, non si è ancora pronunciato sulla mia proposta. Ci pensi e si decida presto!"

Per Mike era arrivato il momento del chiarimento che si proponeva dal giorno dell'incontro con il collega Ducci:

"Silvia, io potrei accettare il suo invito e la ringrazio qualunque sarà la mia decisione, che è legata strettamente a quanto lei ora mi risponderà. Capisce che la convivenza per quindici giorni sotto lo stesso tetto implica una conoscenza più profonda, oserei dire più intima, tra due persone specialmente quando sono di sesso diverso: io non so niente delle sue abitudini alimentari, non so niente della sua famiglia, non so neppure dove abiti…".

9. Le affinità

Ho scoperto che abbiamo una passione comune per la montagna, per Mozart, per Leopardi, per il fondo, per il tennis, ma non abbiamo ancora parlato di pittura, di turismo, di teatro, di letteratura in genere, dove sono sicura che troveremo altri interessi comuni, se quelli finora emersi non fossero sufficienti. "E' da tempo che lei insiste sull'argomento ed è doveroso da parte mia soddisfare la sua. curiosità, se vogliamo chiamarla così. Non è però esatto dire che non sa niente di me troveremo altri interessi comuni, se quelli finora emersi non fossero sufficienti..."

"Sufficienti per che cosa?", la interruppe Mike.

"Per assicurare, come lei chiede, una accettabile convivenza; ma mi lasci finire, la prego. Devo riconoscere che ha ragione per altre curiosità sul mio conto rimaste insoddisfatte.

Io vivo a Milano da sola, in un monolocale qui a Città Studi, la mia famiglia è all'estero per importanti impegni di lavoro di mio padre e ne avrà ancora per molti mesi e, se tutto andrà bene, come spero, sarò felicissima di poterglieli presentare tutti, la mamma e i miei due fratelli; i miei gusti alimentari sono molto semplici, mi va bene tutto in cucina, però è bene che sappia fin d'ora che non sono una cuoca provetta; ho preferito dedicare il mio tempo allo sport, alla musica, alla buona lettura e alle passeggiate piuttosto che stare dietro ai fornelli, quindi da questo punto di vista non si aspetti da me gastronomìa ad alto livello..."

"Non è un problema, me la cavo bene in cucina, s'intende avendo a disposizione la materia prima, ma a volte riesco anche con cibi senza pretesa a tirar fuori qualcosa di buono."

"Ecco che abbiamo trovato qualcosa che ci distingue! Piuttosto anch'io avrò diritto di sapere qualcosa di lei: sono contenta di sapere che le piace preparare manicaretti, so che fuma come un turco, che scrive poesìe in rima mettendo alla berlina gli scienziati, che ama Mozart, ma non so nulla della sua famiglia, delle sue idee politiche, credo di aver intuito le sue convinzioni religiose, ma nient'altro."

"Della mia famiglia è presto detto: una moglie poco più giovane di me che è davvero la regina della casa, anche lei appassionata di montagna, capace di arrampicarsi sulle rocce come un camoscio, ottima cuoca e di bell'aspetto: ha gli occhi verdi e profondi come i suoi; due figlie, una di quattordici e l'altra di diciotto anni, studiano entrambe, una al liceo scientifico e l'altra in un istituto tecnico linguistico-commerciale; ah, dimenticavo il merlo indiano che si chiama Max e il bassotto tedesco, Auro, arrivato da pochi mesi; pensi che dopo anni di fatica a convincere i miei a far entrare un cane in casa, non solo ho dovuto rinunciare a un grosso cane, come avrei voluto io, la mia passione è sempre stato il boxer, ma il bassotto ha di me un terrore folle e faccio fatica ad avvicinarlo. Soddisfatta? Per quanto riguarda la politica, è meglio non parlarne, perché di questi tempi non so più a chi credere e le dirò che in questo momento non saprei proprio per chi votare; la sua intuizione sulle mie convinzioni religiose le avrà probabilmente suggerito che sono cattolico, credente ma non bigotto, anzi da qualche tempo sono diventato un mangiapreti!"

"Lei ha la capacità di esporre sinteticamente la sua vita privata come gli argomenti di fisica; che dono di natura! io invece sono alquanto dispersiva e spesso mi strapperei i capelli dalla rabbia quando non riesco a concludere ciò che ho iniziato, ma sono fatta così e temo che non ci sia nulla da fare!"

"Silvia, lei va bene così com'è; non direi che sia dispersiva come si giudica, perché non ho mai conosciuto una ragazza di vent'anni che abbia saputo osservare con tanta attenzione il mondo e tutte le manifestazioni dei suoi grandi uomini; quanto poi all'idea di strapparsi i capelli non ci pensi neppure! sono meravigliosi..", e allungò timidamente una mano per accarezzare la bionda chioma di Silvia.

Silvia non reagì, restando immobile, ma Mike la sentì vibrare sotto quella deliziosa testolina e non volle chiedersi il perché. Ritrasse lentamente la mano e continuò:

"Adesso devo farle una domanda che forse avrei dovuto e voluto farle dal primo momento: chi l'ha indirizzata da me per la tesi? non sono così presuntuoso da credere che possa averlo deciso dopo aver assistito per qualche minuto alla mia lezione! per me è importante saperlo, anche per ciò che mi ha proposto!"

"Ha ragione, forse avrei dovuto parlargliene subito, ma non he ho avuto il coraggio e soprattutto non c'era tra noi quella confidenza che c'è oggi: ero andata a chiedere la tesi a un professore del Politecnico - per correttezza non le dico il nome, era ben preparato e simpatico, ma, secondo me, non sa trasmettere agli studenti le sue conoscenze e quindi ho capito che non faceva per me e ho cambiato aria, anche perché parlando del più e del meno, mi sono accorta che per molti aspetti non eravamo sintonizzati sulla stessa frequenza e per me la cosa è di vitale importanza..."

"Silvia, non sta esagerando? le pare di così vitale importanza che il professore che la segue nella tesi debba avere in tutto e per tutto i suoi stessi gusti? sarebbe come dire che lei non si sarebbe più fatta viva con me se avesse saputo che preferivo Bach o, che so, Richard Strauss a Mozart? o Carducci a Leopardi? mi pare eccessivo! in fondo tutto dura qualche mese e poi finisce lì... almeno per quanto riguarda la tesi. Non si tratta di sopportare i gusti di un altro per tutta la vita e, anche se così fosse, in fondo, è anche istruttivo e costruttivo confrontarsi con altri: a volte ci si rende conto che avevano ragione.

Le voglio raccontare a questo proposito un significativo episodio della mia vita scolastica: l'anno in cui sostenni l'esame di maturità il tema di italiano aveva per titolo "Scrittori italiani dell'Ottocento" e io riempii sei facciate dedicandone una al Manzoni, una al Foscolo, tre al Leopardi e poche righe al Carducci; il commissario di italiano, carducciano convinto, nel veder trascurato il suo poeta preferito, mi mise quattro come voto e non voleva ammettermi all'orale, deciso a rimandarmi in italiano (allora c'era ancora la possibilità di riparare a settembre) e il mio professore di lettere, che era membro interno, dovette sudare le proverbiali sette camicie per farmi ammettere all'orale. Il mio orale in italiano durò cinquanta minuti e alla fine sono sicuro di aver fatto ricredere il commissario su Leopardi: infatti il mio voto finale in italiano fu sette. Come vede, si può sempre cambiare idea…"

"L'aneddoto è interessante, ma non dimostra nulla perché in questo caso è stato lei a far cambiare idea agli altri; sa che mi viene in mente una celebre frase "Non avrei alcuna difficoltà a riconoscere i miei difetti…se ne avessi!", mi pare di averla sentita pronunciare dalla Pantera Rosa? Ora mi lasci finire di risponderle, altrimenti continuerà a dirmi che sono dispersiva! Dunque, ero rimasta al professore del Poli; subito dopo mi sono rivolta a un suo collega del Dipartimento, un certo Franchini, ma si è ripresentato il problema, sia con lui e con un altro, subito dopo, un certo…" "Ducci", la interruppe Mike, "lo sapevo perché me lo ha detto lui stesso qualche giorno fa."

"Allora lei mi ha fatto questa domanda per controllare se le dicevo la verità: complimenti! e se io non le avessi detto niente, che opinione si sarebbe fatto di me? Beh, mi lasci rispondere all'interrogatorio, perché mi pare si tratti di un vero e proprio interrogatorio: vuol sapere come mai sono venuta a cercare lei? E' semplice, in biblioteca dal frontespizio di un suo libro di Fisica Generale ho appreso che lei ha conseguito una menzione speciale alla Brain University per i suoi studi su Dirac, che è il padre dell'antimateria e questo mi è bastato. Vuol sapere altro?"

"Silvia, lo sa che lei è molto permalosa? io sarò curioso e forse, l'ammetto, avrei dovuto formulare la mia domanda in altro modo, magari accennando direttamente al mio incontro con Ducci, ma le giuro che non avevo nessuna intenzione di controllarla. Volevo solo sapere chi l'aveva indirizzata da me, pensando a qualche mio collega. Avrà notato che con la stessa schiettezza con cui a volte le faccio i miei complimenti, non mi tiro certo indietro se devo avanzarle delle critiche."

"D'accordo, la perdono.", ridacchiò Silvia, continuando: "Piuttosto, prima ha citato Richard Strauss tra i compositori: quali brani conosce di questo autore?"

"Le devo confessare la mia ignoranza in materia: quando ho visto il film 2001: Odissea nello spazio, del quale mi ha colpito la colonna sonora, mi ero chiesto come un compositore potesse passare con tanta facilità dalle operette a brani tanto solenni e impegnativi quale Così parlò Zaratustra, perché credevo che fosse sempre lo stesso Strauss. Non sapevo che uno fosse Richard e l'altro Johann e l'ho scoperto a mie spese facendo una figuraccia con gli amici. Poi, però, mi sono rifatto la credibilità ascoltando altri brani di Richard, tra cui la Sinfonìa delle Alpi che però non mi ha entusiasmato."

"Sono d'accordo, anche a me ha detto poco, ma la vedrei bene in una colonna sonora di un altro film di fantascienza, ambientato magari sulle Dolomiti: pensi a un'astronave che atterra nella piana del lago di Landro, da una parte le Tre Cime di Lavaredo, dall'altra la Croda Rossa, dall'altra ancora il Pomagagnon e il Cristallino e in mezzo un drappello di marziani con gli occhi fosforescenti che si fermano ad ammirare queste meraviglie del creato! non credo che dalle loro parti si vedano spettacoli del genere!"

10. La montagna

"E' un suggerimento interessante, ma non credo che un regista scelga prima la colonna sonora e poi ci costruisca sopra un film; anche se me ne intendo poco, credo sia esattamente il contrario; provi a suggerirlo a Stanley Kubrik! In alternativa, vedrei anche come zona di atterraggio per un'astronave di alieni la piana sottostante il Catinaccio oppure la zona del Pradidali nel gruppo delle Pale. Io invece sa cosa ho fatto ispirandomi proprio a questi luoghi? ho composto tre poesìe."

"Non mi aveva mai detto che componeva anche poesìe dedicate alla montagna: mi piacerebbe leggerle!"

"Se è per questo, ne ho scritte di tutti i colori: perfino in dialetto milanese e veneto, per non parlare poi di quella volta che mi sono cimentato sulla storia di Monza andando a scomodare perfino la regina Teodolinda! in quella occasione mi è toccato andare in teatro a recitare la mia poesìa in occasione dei festeggiamenti di non so quale centenario della fondazione di Monza!"

"Allora, mi fa leggere le sue poesìe di montagna?"

"Certamente, ma non oggi, perché non le ho ancora trascritte sul computer: spero di ricordarmi di prepararle per la prossima volta…"

"Che sarà sicuramente domani, professore", e questi, di rimando:

"Non sia troppo dispersiva, si ripassi le basi dell' Elettromagnetismo: domani parleremo finalmente di antimateria, ma per capirla sono necessarie approfondite conoscenze delle proprietà dei campi elettromagnetici."

L'indomani Silvia arrivò puntualmente alle 13: infatti Mike non voleva offrire ai colleghi vicini di studio l'occasione di fare commenti sulla eccessiva assiduità di Silvia e poi preferiva non venire disturbato durante le sue lunghe e piacevoli dissertazioni con Silvia.

Diversamente dal solito, questa volta Mike volle che fosse Silvia ad accendere il computer, per due motivi: la ragazza aveva imparato da lui a usarlo per vedere alcune simulazioni di esperimenti di fisica da lui stesso realizzate ed era opportuno che continuasse a impratichirsi dello strumento; in secondo luogo, anche il computer aveva dimostrato simpatìa per Silvia smettendo di fare le bizze con i virus. Ma questa volta le cose andarono in modo diverso.

"Oggi come esercizio provi ad avviare lei il computer e a caricare il programma Poesie." Silvia non se lo fece dire due volte ed eseguì con sicurezza le varie operazioni, ma al momento di caricare il programma desiderato, sullo schermo apparve la scritta: **Bad command. Data error. Ok.Werner**, messaggio che stava a indicare che il comando introdotto era sbagliato per colpa di dati errati. La cosa meravigliò Mike:

"Non è possibile! ma se da anni digito sempre la stessa istruzione! ci risiamo col virus!".

Ma la risposta aveva turbato Silvia che sembrava non udire assolutamente le parole di Mike, restando assorta a rileggere la scritta anche quando lui le disse:

"Provi a spegnere e a ripetere tutte le operazioni daccapo." e successivamente, quasi con irritazione: "Su Silvia, non abbiamo tempo da perdere!" Ma Silvia era mentalmente assente e solo dopo qualche secondo si riprese :

"Forse per oggi non è il caso di leggere le poesìe, non credo di essere nelle condizioni di spirito ideali. Non so nemmeno se valga la pena di iniziare l'antimateria e forse se valga la pena di continuare la tesi: sto convincendomi che è stato tutto tempo perso, per me, ma principalmente per lei."

Mike la interruppe:

"Non dica sciocchezze!", poi, pentito per i modi poco garbati di poc'anzi: "Mi perdoni, è' stata colpa mia, quando vedo il computer dare i numeri comincio a darli anch'io. Mi scusi, Silvia, per poco fa: sapesse quanto mi addolora vedere triste una cara ragazza sola e indifesa! Sa che a volte con quei suoi occhioni così profondi e tristi mi fa pensare a un cerbiatto che ha perso il suo branco! Su..., ricominciamo.", e le toccò la mano come per rincuorarla.

Silvia rispose afferrando la mano di Mike e stringendola nervosamente, si alzò ed esplose in un pianto a dirotto appoggiando la testa sulla spalla di Mike:

"Sapesse quanto rischia di essere profetico con certe sue osservazioni! Lei deve avere un sesto senso..."

"Non capisco a cosa alluda", la interruppe Mike, "forse al fatto che l'ho definita sola e indifesa? lo sa che mi fa sentire molto importante sapere che fin quando sarà qui con me non sarà mai né sola né indifesa?"

11. La curiosità di Silvia

Silvia si riprese e volle sapere da quanto tempo il computer era affetto da virus.

"Il guaio è che non si tratta di un virus, perché l'ho trattato prima io stesso col dischetto antivirus senza successo, poi hanno provato con altri programmi anche gli addetti all'assistenza. Nessuno riesce a capirci nulla, anche perché non dà sempre la stessa risposta, ma continua a cambiarla come se stesse seguendo un ben preciso filo logico. Ha cominciato, ora che ci penso, la mattina in cui mi ha fermato nell'atrio, poi ha continuato altre volte, in un'occasione l'ha potuto vedere lei stessa."

"E che cosa ha detto, anzi che cosa ha scritto?", si informò Silvia.

"La prima volta **Life error**, la seconda volta **Run**, la terza volta **Path error**, poi le altre due volte l'ha visto lei stessa."

Ora Silvia ne sapeva abbastanza di quel computer e riprese con entusiasmo:

"Allora, visto che per oggi quelle poesìe non le posso vedere, cominciamo l'antimateria?".

"Con piacere, ma prima andiamo a bere un caffè, la tirerà su di morale."

Al bar Mike incontrò Ducci, il quale non appena lo vide in compagnia di Silvia, non si lasciò sfuggire l'occasione per una velenosa frecciata:

"Mike, questa mattina il Direttore del Dipartimento ti cercava urgentemente per rappresentarlo a un Meeting di Fisica Nucleare alle Bermude; però, avendo saputo che da qualche tempo a questa parte sei molto impegnato - perché sai che le voci corrono - ha delegato me alla sostituzione."

Poi, rivolto a Silvia: "Signorina, buongiorno, come va la sua teoria sull'antimateria? ha fatto qualche verifica sperimentale col professore? sono esperimenti molto piacevoli, ma pericolosi! ci vuole molta pazienza, ma anche molta fortuna e mi pare che il mio collega ne abbia tanta con lei. Auguri!"

Mike ebbe pronta una secca risposta per il collega: "Per quanto riguarda le Bermude, spero vivamente che il tuo aereo venga inghiottito nel maledetto triangolo! Per quanto riguarda la signorina, invece, sei vivamente pregato di farti gli affari tuoi!"

Ma si era accorto che Silvia alle parole di Ducci era impallidita, e ciò provocò in Mike una reazione incontrollata: "Che cosa voleva dire quel maleducato? che cos'è questa storia della sua teorìa sull'antimateria? ora comincio a capire il perché di tanto interesse sull'argomento! non poteva parlarmene subito invece di essere tanto reticente? Ora andiamo nel mio studio e mi racconterà tutti i dettagli."

Si avviarono verso lo studio di Mike e strada facendo continuarono a domandarsi che cosa potesse essere successo al computer; in particolare, Silvia appariva dispiaciuta del fatto di non poter leggere le poesie, ma era solo un tentativo di distogliere Mike dall'approfondire la questione sollevata da Ducci.

Entrati nello studio, Mike provò ancora una volta ad accendere il computer e questa volta le cose andarono bene: nessun segno del virus e nessun messaggio di Werner. Mike, rivolgendosi a Silvia, evitò riferimenti a Ducci, forse pentito della reazione troppo violenta:

"Cosa preferisce fare? visto che ora funziona, vogliamo cogliere l'occasione al volo o preferisce parlare di antimateria? decida lei!"

"Se per lei è lo stesso, preferirei le poesie; ho già studiato da sola una parte della teoria e potremmo rimandare a domani l'esposizione della mia teorìa."

Mike la interruppe:

"Domani non posso, perché ho esami per tutto il giorno; dopodomani sono a sua disposizione, per tutta la giornata, se crede."

"Va benissimo, ora sono ansiosa di vedere come descrive le sensazioni che dà la montagna, cominciamo?"

12. Panorami dolomitici

"Da dove vuole cominciare, dalla Croda Rossa, dal Catinaccio o dalle Pale?"

"Mah, forse dalle Pale, un po' perché le conosco molto bene, ma anche perché ricordo ancora con quale entusiasmo ne ha parlato a lezione a proposito dei loro colori al tramonto."

"Non si aspetti nulla di trascendentale: non vorrei che restasse delusa, in particolare, del dialetto trentino, che forse lei conosce bene, viste le sue origini. Tra l'altro mi pare di ricordare che non conosce il dialetto trentino, cosa piuttosto strana per una che ha nonni che posseggono una baita da queste parti." E avviò il programma Poesìe, chiedendo la prima. Ancora una volta comparve un messaggio, ma questa volta era più lungo del solito e sempre più incomprensibile: **Cluster. Access denied. Sector not found. Insufficient room. Werner.** (Ammasso di pianetini. Non possiamo entrare. Non troviamo la traiettoria, perché il passaggio è troppo stretto.) Silvia trasalì, ma non fece alcun commento, mentre Mike, pur essendosi accorto della reazione della ragazza, fece finta di niente, spense nervosamente il computer per riaccenderlo subito ripetendo tutti i comandi. E finalmente ecco apparire

Le mie Pale

Varda l'ombra come sale
sora i pichi delle Pale,
senti come fis'cia 'l vento,
tra le crode par lamento.

La Madona col suo vel
il Bambin se strinze al cor,

per salvarlo dal gran gel
s'alza a scudo 'l Sass Maor.

Tra le brume de la sera
sotto l'ombra del Cimon
no xe ancora primavera
nella valle del Cismon.

Ma doman dalla Vezzana
drio le zime spunta 'l sol
e na picola genziana
salta fora sora i col.

Silvia lesse distrattamente le quattro strofe restando in silenzio, al punto che Mike, dopo qualche istante di imbarazzo, disse:
"Vede che non dice niente di speciale? guardi che io accetto anche le critiche, non solo i complimenti! mi dica cosa ne pensa."
Silvia non si trovava nelle condizioni di spirito ideali per commentare la poesìa: l'incontro con Ducci, le sue allusive parole e il messaggio del computer l'avevano profondamente turbata, tuttavia non trovava giusto coinvolgere Mike nel suo stato d'animo e, sia pure a fatica, commentò:
"Mi scusi, ero sovrappensiero: ogni tanto mi assale un senso di nostalgìa per essere da troppo tempo lontana dai miei, ma non è giusto coinvolgere anche lei nelle mie tristezze.
Osa dire che non è niente di speciale? lei vede San Martino con gli occhi del cuore; è stupenda! più che una poesia è un quadro d'autore, una cartolina panoramica di tutto il Gruppo: non ha dimenticato nessuna cima, dal Cimone, alla Vezzana, al Sass Maor, alla Cima della Madonna: mi pare di camminare su quei sentieri; lei ha proprio la montagna nel cuore per riuscire a descriverla con tanto romanticismo; mi pare di vederne perfino i colori! Bravissimo, davvero! non ha nulla da invidiare al Carducci

che pur sapeva descrivere la natura con grande effetto; poi ho notato che, diversamente da lui, non ha preso abbagli geografici come quello sul Resegone, curando anche da dove sorge il sole; si vede che conosce proprio bene la zona."

"Adesso sta esagerando, per me è stato solo un tentativo di descrivere ciò che la mia macchina fotografica non riusciva a riprendere; sa quando l'ho scritta? subito dopo aver compiuto tutta la traversata dal rifugio Mulaz fino al rifugio Cant del Gal, sopra Fiera di Primero; mi sono detto: le fotografie, tra venti o trent'anni, quando probabilmente non ce la farò più a camminare in montagna, saranno solo vecchie cartoline ingiallite, perciò devo trovare un modo diverso di ricordarmi questi luoghi per sempre."

"Andiamo avanti?", domandò Silvia con impazienza.

"D'accordo, passiamo al Catinaccio, o Rosengarten, come lo chiamate voi."

"Non capisco perché deve considerare il nome Rosengarten come una proprietà dei tedeschi: ormai è diventato un nome universale, come sono universali le indicazioni in italiano che accompagnano gli spartiti di musica classica: adagio, minuetto, piano... Ho la netta impressione che i tedeschi non le piacciano troppo, perché si sente un tono di disprezzo nelle sue parole quando si riferisce ai tedeschi.", scattò Silvia.

Mike si limitò a farle notare :

"Al contrario, ho una grande stima per i tedeschi e aggiungo che spesso mi capita di additarli come esempio di civiltà e disciplina, fatte ovviamente le dovute immaginabili eccezioni; ovviamente non addito i naziskin. Però ho l'impressione, dalla sua reazione che non sia troppo contenta di portare un cognome tedesco: quasi quasi se ne vergogna!..."

"Mi dispiace farle osservare che lei spesso dà dei giudizi avventati, senza conoscere i motivi di certi miei comportamenti: le avevo chiesto solo un po' di pazienza e avrebbe saputo molte cose! perché vuole rovinare tutto?", lo rimproverò Silvia.

13. Mike indaga

"D'accordo, cambiamo argomento: vorrei conoscere il suo parere sui vari messaggi che arrivano ormai con regolarità sul mio computer; si ricorda quali erano i primi che le ho riferito? gli altri li ha letti tutti: non ha l'impressione che i vari messaggi seguano un filo logico? sto cercando di interpretarlo, ma mi sfugge qualcosa. Werner secondo me sta usando i messaggi di errore del computer per dirci qualcosa, ma al tempo stesso sembra non volersi tradire più di tanto. Che ne pensa?", domandò Mike.

"Ho anch'io la stessa impressione, ma forse è solo una coincidenza; del resto, se controlliamo l'elenco alfabetico dei messaggi di errore riportato nella guida MS-DOS1 allegata a ogni PC è facile per chiunque disporli in modo da costruire frasi di senso compiuto; forse siamo solo suggestionati dal misterioso quanto regolare susseguirsi di tali messaggi.", osservò Silvia, ma Mike, di rimando: "Ne è proprio convinta? anche la firma Werner è del tutto casuale? è un nome tedesco dopo tutto!"

"E' vero, ma anche il suo computer è tedesco! probabilmente, se avesse avuto un computer IBM o ACER, il nostro uomo misterioso si sarebbe firmato Billy o Jimmy.", fu la convincente risposta di Silvia e per quel giorno le poesìe di Mike furono messe da parte per continuare lo studio dell'antimateria.

L'indomani verso le 13 Silvia arrivò nello studio di Mike e la prima cosa che chiese, dopo il rituale saluto, fu :

"Prima di iniziare l'argomento di oggi le dispiacerebbe accendere il computer? ho pensato tutta notte alla sua ipotesi di ieri sui messaggi di Werner e forse se ne arrivasse qualcun altro, potremmo tentare di ricostruire uno schema logico."

Mike la accontentò subito, non senza aver notato: "Ho la

netta impressione che la sua sia solo una scusa: in realtà lei è curiosa di leggere la seconda poesìa, ma non ha il coraggio di chiedermelo, perché sa già cosa le risponderei. Ma oggi mi trova di luna buona!"

E tentò di proiettare sullo schermo la seconda poesìa, ma ecco ricomparire il solito Werner con il nuovo messaggio: **Command error. An internal failure has occured. Werner.** (Errore nei comandi. Si è verificato un guasto interno.) Questa volta fu Mike a preoccuparsi: "Accidenti, questa volta è successo qualcosa di grave alla memoria: forse ho esagerato a continuare quando mi avvertiva di qualcosa che non andava!", tuttavia anche questa volta riavviò il computer e sul monitor apparve il Catinaccio.

Rosengarten

Dalle torri di Vajolet la bufera
spazza col vento i prati della Roda,
mentre all'addiaccio nella notte nera
c'è un alpino che soffre sulla croda.

Il suo pianto lo ascoltano le stelle
e i nani di Laurin dall'Antermoja,
mentre le fate dalle Coronelle
levano preci a Dio perch'ei non muoia.

Ma ecco un lampo scheggiare 'l Catinaccio,
romba il tuono sinistro tra i valloni
e l'alpino precipita sul ghiaccio.
E' silenzio di morte sui Mugoni.

Ma sui tramonti dell'enrosadüra,
dove domani piangeran le tose,
avrà l'alpino degna sepoltura:
sorgerà qui 'l giardino delle rose.

"Totalmente differente dalle altre: ha saputo fondere armoniosamente e mirabilmente la tristezza derivante da una tragedia di montagna con le dolci immagini di un mondo fatato. La morte di quel povero alpino diventa quasi necessaria per sottolineare il fascino e la bellezza dei luoghi! Veramente stupenda e delicatissima: lo sa che stando accanto a lei ho finora imparato più letteratura che fisica? però mi deve dare qualche spiegazione: tutti quei nomi non li conosco."

"Certo: i nomi Vajolet, Roda, Antermoja, Coronelle, Mugoni appartengono a cime o a passi del gruppo del Catinaccio; la Roda è la famosa Roda di Vael, chiamata così perché è una parete rocciosa a forma di ruota; i nani, le fate e re Laurino appartengono alla famosa leggenda secondo la quale il popolo dei nani e degli gnomi, scacciato dagli uomini, si scelse questo magnifico scenario per crearvi il Giardino delle Rose; il termine enrosadüra sta per "colorazione in rosa", tipico delle rocce dolomitiche al tramonto ed è di origine ladina. La figura dell'alpino è in realtà la guida alpina Tita Piaz che cadde proprio tra questi monti sorpreso da un temporale."

"Dove ha trovato tutte queste informazioni sulle leggende delle Dolomiti? è andato a chiacchierare con i vecchi dei luoghi oppure ha trovato qualche libro sull'argomento? mi piacerebbe tanto leggerlo se esiste!"

"Non avrei avuto il tempo di girare tutte le valli dolomitiche per carpire ai "veci" tutte le innumerevoli leggende della montagna: mi ha molto aiutato Dino Buzzati, uno dei maggiori scrittori del Novecento, a torto ignorato nella scuola; pensi che ho imparato a conoscere e ad amare San Martino dai racconti che egli scrisse dopo aver camminato per i sentieri delle Pale e scalato praticamente tutte le cime del Gruppo. Lo sa che hanno dedicato al suo nome una via ferrata che porta al Velo della Madonna e, pur se in altra zona delle Dolomiti, un'altra via ferrata che si arrampica lungo la Croda Rossa di Sesto Pusterìa?"

"Non conoscevo l'esistenza di quest'ultima via. Sento con piacere che anche lei è un estimatore di Buzzati: ho letto quasi tutto di lui e ne sono una grande ammiratrice: mi appassiona quell'atmosfera di mistero che circonda praticamente ogni suo racconto..."

"E' sicura di conoscerlo bene, in tutte le sue attività artistiche? per esempio, conosce la pittura di Buzzati, i suoi quadretti naïf?"

"No, questo è un aspetto di Buzzati che non conoscevo! Dove potrei vedere i suoi quadri?"

"Basta alzare la testa verso la parete: questi dodici quadretti sopra la scrivania sono tutte stampe della produzione pittorica di Buzzati, ma se ne vuole sapere di più c'è un bellissimo volume, I miracoli di Val Morel, in cui Buzzati ci parla delle leggende delle valli bellunesi e le illustra garbatamente in stile naïf; mi sono ispirato anche a qualcuna di queste leggende nelle mie poesìe..."

"Ma il Catinaccio non si trova nel bellunese: come ha conosciuto le leggende di re Laurino?"

"La storia di Tita Piaz me la raccontò il gestore del rifugio Vajolet, mentre tutte le guide turistiche della zona riportano dettagliatamente la leggenda del Rosengarten."

"Mi piace moltissimo il Buzzati pittore: si nota che lo stile è grezzo e approssimativo, ma fa un uso personalissimo del colore, sembra quasi un libro di fiabe! non mi dica che nessuno di questi quadretti le ha ispirato una poesia!"

1 Sigla di un particolare sistema operativo di un computer; PC sta per Personal Computer (N.d.A.)

14. Il maschilista

"Ho capito che anche per oggi l'antimateria resterà nel cassetto! vedrò di saziare questa sua grande sete lirica mostrandole un altro mio capolavoro!", sorrise con enfasi Mike apprestandosi a presentare Listilina.

Listilina

La leggiadra Listilina
che gh'aveva fa' l'amor
la volava graziosina
ed in man tegniva un fior.

I ronfion, furbi, spetava
lassù in vetta al Sass Maor
che la luna la calava
per poter robarghe 'l fior.

La vien lieve la fatina
che coi man la falce tien,
fa passar la Listilina
che la torna dal suo ben.

Con le giosse del suo sangue
se colora le montagne
faran luse a Listilina
quando ancor la volarà.

"Anche qui è necessaria qualche spiegazione: secondo una vecchia leggenda di Falcade, nel bellunese, Listilina, dopo essersi incontrata col suo innamorato, ritorna volando al suo villaggio passando attraverso le ripide gole del Sass Maor; là in alto i ronfioni, termine dialettale che sta per ladri, stupratori, la aspettano al varco per poterle rubare il "fiore", ma hanno paura del chiaro di luna e si nascondono nel buio attendendo che questa cali; la Fatina, che la leggenda popolare impersona in Santa Rita, mossa a compassione, per permettere a Listilina di passare, tiene ferma la falce di luna e si taglia le mani: del rosso del suo sangue si colorano al sole le rocce dolomitiche."

"Finalmente nelle sue poesìe appare una donna! e finalmente la sento parlare di sesso: mi pare infatti di aver capito che quel "fiore" che i ronfioni vogliono rubare a Listilina non sia quello che teneva in mano, ma qualcosa di personale e intimo, o mi sbaglio? le sue poesìe sono tutte bellissime, ma cominciavo a chiedermi il motivo per cui ci ha sempre ignorate, eppure con la sua vena poetica e la indubbia agilità di linguaggio non dovrebbe esserle difficile comporre una lirica dedicata a una donna!"

"Finora abbiamo parlato sempre e solo di montagna, Silvia, e lei mi ha solo chiesto di leggere le mie composizioni sul tema; in altre poesìe parlo di fatti di cronaca, in altre ancora della bellezza e dell'astuzia femminile, in altre di musica, in altre di protezione dell'ambiente, in altre addirittura di storia; si tratta solo, come dice lei, di aver pazienza e mi conoscerà anche sotto queste vesti.", la interruppe Mike proseguendo : "Quel fiore è proprio quello che intende lei: mi sono ispirato al frutto proibito dell'Eden!"

"Bene, ne ha scritta qualche altra che parli di una ragazza?"

"La prossima è un po' nuova come tema", sorrise Mike, "pensi che tanto per cambiare parla ancora di montagna, ma è mutato lo scenario, siamo in Lombardia, nel gruppo delle Grigne, una montagna di roccia bianca chiamata Zuccone Campelli, dove una fanciulla si trova nei guai nel percorrere in discesa un ripidissimo canalone…"

La leggenda del Campelli

Su quel ripido sentiero
che va in vetta allo Zuccone,
c'è un alone di mistero:
dei Camosci il canalone.

Una notte senza luna
giù dai pascoli scendeva
una bella bimba bruna,
ma la strada non vedeva.

Lento e incerto era 'l suo passo,
con gran pena ella avanzava:
scivolando sopra a un masso
nel vallon precipitava.

Un camoscio, che la scorse
giù tra i massi ormai sfinita,
a fatica la soccorse
riportandola alla vita.

Sul sentiero che conduce
lassù in cima allo Zuccone
ogni notte or c'è una luce
che rischiara il canalone.

"Vedo che conosce leggende di montagna anche di altre regioni, non solo delle Dolomiti; questa volta qual è la fonte?"
"Devo confessarle che questa leggenda me la sono inventata, una sera mentre osservavo il canalone al buio dal sottostante rifugio e la luna faceva capolino tra le rocce rischiarando parzialmente il sentiero; ma in fondo tutte le leggende sono state inventate dalla fantasia popolare, quindi anche questa non fa eccezione alla regola, come un'altra che mi sono inventato e che parla di due strane sorelle gelose una dell'altra; e poi dice che non parlo mai

di donne! la incuriosisce?"
Alla ormai immancabile risposta affermativa di Silvia, insaziabile divoratrice di poesìe, comparvero sullo schermo due strane sorelle.

Le due sorelle

Nelle fredde acque specchia
il suo volto bianco e altero
la Grignetta che all'aurora
mostra 'l suo sorriso fiero.

Dentro al lago scaglia massi
invidiosa la sorella;
altra imago vuol creare
per sembrare la più bella.

Le sue cime al sole accende
or la Grigna, qual Narciso,
riflettendo sulle acque
il suo freddo ma bel viso.
Ma il buon vecchio Resegone,
che la pace vuol serbare,
dagli stormi chiama i venti,
che cominciano a soffiare.

D'ogni imago è persa traccia,
sopra al lago c'è bufera;
son nascoste ormai le Grigne
nelle ombre della sera.

Questa volta il commento di Silvia fu ispirato dal suo marcato femminismo:
"Bellissime le immagini, quasi dannunziane; però vedo che non ha avuto dubbi nel mettere in cattiva luce le due sorelle anziché il buon vecchio Resegone..."
"Non mi accusi di maschilismo: in tutta la Lombardia le

due Grigne, la Grignetta e il Grignone, sono considerate due montagne belle e fiere, ma, come tutte le donne belle, pericolose e spesso infide; non so se conosce una canzone alpina *La leggenda della Grigna*, dove una bellissima guerriera, che non ha mai incontrato l'amore, respinge le profferte amorose di un cavaliere uccidendolo sdegnata e viene trasformata in monte (la Grigna) insieme alla sentinella che vigilava sulla sua solitudine (la Grignetta)."

"Non la conosco, però sono sicura che l'autore era un uomo, forse un discendente dello sfortunato cavaliere; ma lo sa che abbiamo girato quasi tutte le montagne del Nord Italia con le sue fantastiche poesie?"

15. Confidenziale

"Sa cosa le dico, Silvia, se me lo posso permettere? che dopo mesi trascorsi insieme a parlare ogni tanto anche di fisica, mi sento di avanzarle una proposta che non so se lei accetterà." e Mike smise di parlare osservando la reazione di Silvia.

"Continui, la prego!", lo incoraggiò Silvia, incuriosita.

"Ecco, vede, ormai ci conosciamo bene, sappiamo quasi tutto uno dell'altra, a volte mi pare di vedere qualche segno del destino nella grande affinità di gusti e di interessi che esiste tra noi. La musica, la montagna, la poesìa, la pittura...Sa cosa le dico? che mi dispiace non avere vent'anni di meno! ma non pensi male: ciò che intendevo proporle era un'altra cosa."

Silvia lo osservò attentamente e riprese:

"Sto aspettando la sua proposta, allora?..."

Molto semplicemente, non senza imbarazzo, Mike le propose da quel momento in poi l'uso di un più confidenziale "tu" anziché del freddo e distaccato "lei". Silvia accettò con piacere e inaugurò la nuova gestione:

"Pensa che la stessa cosa volevo proportela io, ma dicono che il galateo insegna che tocca sempre al più anziano, scusami, al meno giovane, proporre il tu. A proposito di proposte, lo sai che sono ancora in attesa della risposta sulla vacanza in baita? i giorni passano ed è giunto il momento di decidere: che cosa stai aspettando?..."

"Ti dirò che prima di decidermi, vorrei vedere come sta andando la tua preparazione, non vorrei accettare per poi doverti deludere annunciandoti che non sei pronta per la tesi. E poi, una volta per tutte, mi vuoi finalmente spiegare che cos'è questa fretta di laurearti? ora che abbiamo un po' di confidenza mi potrai svelare l'arcano?"

"Ti prometto formalmente che, come arriveremo in montagna, lo saprai; non un attimo prima!"

Mike si fermò un attimo a meditare ed esclamò:

"Questo è un vero e proprio ricatto! E sia! andiamo in montagna, però non prima di aver dedicato qualche ora allo studio dell'antimateria, cominciando da domani e senza altre divagazioni poetiche o pittoriche. D'accordo?"

Silvia si alzò, con gli occhi lucidi, ringraziandolo con un bacio schioccante sulle guance e volteggiando felice, come una libellula. Mike, incredulo, ammirava estasiato quel grazioso, giovanile, perfetto e agile corpo vibrare nell'aria. Si salutarono dandosi appuntamento per il giorno dopo.

16. Una teorìa sconvolgente

Silvia giunse puntualmente alle dieci, salutando Mike con un "Ciao, professore; non avrai scritto qualche altra poesìa ieri sera?" "Senti, Silvia, non ricominciamo con le poesìe, oggi dobbiamo lavorare seriamente; vediamo subito che cosa sai sull'antimateria, visto che dici di aver già cominciato a studiarla da sola."

"Una radiazione elettromagnetica", esordì prontamente e con sicurezza Silvia, "interagendo con un nucleo atomico può scomparire materializzandosi in due particelle con carica uguale e di segno opposto; le due particelle, chiamate una particella a e l'altra antiparticella b, sono in tutto e per tutto identiche e in particolare devono avere la stessa massa2; si hanno in natura molti esempi di coppia particella-antiparticella: elettrone e positrone, protone e antiprotone, muone positivo e muone negativo. Quando una particella viene in contatto con la sua antiparticella si manifesta un processo per effetto del quale le due particelle scompaiono per liberare nuovamente una radiazione elettromagnetica. Il primo fenomeno si chiama produzione di coppie, il secondo annichilazione."

"Ci sono alcune inesattezze," la interruppe Mike, "la più grave delle quali è che non sempre particella e antiparticella hanno cariche opposte, tanto è vero che esistono anche l'antineutrone e l'antineutrino come antiparticelle di particelle prive di carica elettrica, il neutrone e il neutrino. Corretto, invece il fatto che le masse e altre proprietà devono coincidere per la particella materiale e quella antimateriale. Dimmi un'altra cosa, Silvia: sono grandi le energie in gioco nell'annichilazione?"

"Per calcolarle si deve tener conto del principio di equivalenza di Einstein, secondo il quale se in un dato processo scompare una quantità di materia m al suo posto compare una quantità di energia elettromagnetica $E = m$ c2, dove c è la velocità della luce nel vuoto, circa 300000 chilometri al secondo. E' ovvio che se scompaiono un elettrone e un positrone l'energia liberata è pochissima, ma se 100 grammi di materia si annichilano, con 100 grammi della corrispondente antimateria l'energia in gioco è enorme, di gran lunga superiore a quella sia della fissione sia della fusione nucleare. Per averne una pallida ma significativa idea, è la stessa quantità di energia prodotta trasportando a valle con un salto di 100 metri 18 miliardi di metri cubi d'acqua!..."

"Finalmente hai imparato anche a fare i calcoli! Devi tuttavia tener presente che la probabilità che avvenga una collisione di 100 g di materia con 100 di antimateria è oggi come oggi estremamente bassa, perché i fisici non sono ancora riusciti a produrre l'antiatomo...", la corresse Mike e immediatamente Silvia ribatté :

"I fisici forse no, ma nell'universo certe esplosioni cosmiche hanno tutta l'aria di originare da scontri materia-antimateria e poi chi può escludere che l'antimateria riguardi solo cariche elettriche opposte, e non poli magnetici opposti, o in genere qualunque coppia di oggetti che si attraggono, come due masse gravitazionali o un uomo e una donna."

"Ora capisco a cosa alludeva il mio collega Ducci! La teoria sessuale dell'antimateria non la conoscevo ancora! forse varrebbe la pena di approfondire il discorso con qualche verifica sperimentale diretta: sarebbe la fine dell'umanità se a ogni rapporto sessuale seguisse un'esplosione di tali dimensioni!", esclamò Mike divertito.

"Ecco il solito che vede nel rapporto sessuale il fine ultimo dell'attrazione tra uomo e donna: esiste anche l'amore platonico, il cosiddetto "teleamore" che non necessariamente si alimenta con un rapporto. E poi, come particella e antiparticella anche se di cariche opposte non si annichilano se non hanno altre proprietà comuni, chi lo sa che anche per l'uomo e la donna non siano necessarie certe proprietà comuni, espresse magari attraverso certe affinità, per l'annichilazione? e perché pensi alla fine dell'umanità? Il raggio gamma3 derivante dall'annichilazione potrebbe trovare un ambiente ideale nel quale rimaterializzarsi e rigenerare la coppia di partenza!"

"Silvia, queste sono solo fantasie: non penserai di andare alla dissertazione di tesi a raccontare queste sciocchezze; sai quale potrebbe essere il titolo della tua tesi? *Antimateria e reincarnazione*, però non sarò io il tuo relatore.", scherzò Mike.

Silvia non lo lasciò finire: "Non sono proprio così sicura che si tratti di sciocchezze; anche la teorìa della reincarnazione era considerata pura fantascienza, ma innumerevoli libri riportano prove concrete e documentali che la confermerebbero in pieno.

Cambiando discorso, sai cosa ho notato oggi per la prima volta da quando ti conosco: un preciso riferimento al sesso? Mi ero quasi convinta che tu appartenessi a quella categoria di uomini per i quali il sesso è un tabù; anche nelle tue poesìe il tema dell'amore non è ricorrente, fatta una piccola eccezione per Listilina."

"Ti dirò che ti sbagli: è vero che mi dà un certo fastidio il sesso parlato, ben diversamente da quello praticato! Quanto alle mie poesie non è del tutto vero che io trascuri il tema dell'amore: diciamo che almeno in poesìa io vedo la donna non come oggetto del desiderio ma come una mistica creatura, quasi come un angelo, ovvero un qualcosa di intoccabile e di impalpabile; qualche anno fa, quando ho provato a descrivere la regina Teodolinda, devo dire che ho avuto in tale occasione dei gratificanti riconoscimenti. Proprio per questo mio modo di vedere la donna, un po' petrarchesco, l'unica metrica che vedo adatta è quella del dolcestilnovo, ma non è certo facile improvvisare il dolcestilnovo, anche se devo confessarti che ci ho provato proprio in questi giorni, ma con risultati

fallimentari."
"Come mai proprio in questi giorni?"
Mike la guardò intensamente, sospirando: "Pensando a te!"

2 La massa di un corpo è una misura della quantità di materia in esso contenuta (N.d.A.)
3 E' un tipo di radiazione elettromagnetica di alta energia emesso anche da alcuni nuclei radioattivi (N.d.A.)

17. Ancora poesie

"E' chiederti troppo se ti dico che mi piacerebbe vedere sia Teodolinda che la novella Laura, quello che secondo te è solo un goffo tentativo?", chiese Silvia.

"Silvia non ricominciamo con le poesie! oggi si deve parlare solo di fisica e ancora una volta mi hai portato fuori strada!"

"Ti prego, almeno una, poi per un po' di tempo starò buona!", supplicò Silvia. "E va bene, ma poi davvero basta!", concesse Mike ed ecco apparire tra le dolci campagne della Brianza la regina Teodolinda.

La ballata di Teodolinda

Teodolinda, la bionda regina,
animata da fervida fé,
per i campi vagò una mattina
cavalcando 'l destriero del re.

Era un sogno che qui la mandava
con amore divino nel cor
e serena ella 'l luogo cercava
dove eriger la casa al Signor.

Giunta all'ombra d'un olmo frondoso
la colomba, radiosa nel sol,
disse: "Qui la città del tuo sposo,
San Giovanni la chiesa qui vuol."

In quel luogo ella pose 'l mattone
su cui Monza città s'innalzò
e di quel sacro tempio il portone
alla gloria di Dio spalancò.

Quindi udita dal cielo una Voce,
la corona nel Duomo portò,
con il chiodo per cui sulla croce
il Signore, soffrendo, spirò.

Fu sul capo di degni sovrani
che la mano di Dio la posò
e nel segno di fati lontani
la potenza ai lor regni donò.

"Hai trovato proprio un nome appropriato per questa composizione: sai che se socchiudo gli occhi mi pare di vedere cavalcare Teodolinda in una verde radura tra il suono dei corni da caccia e una muta di segugi che inseguono la volpe? qui hai uno stile tutto particolare, proprio da ballata medioevale: non ti conoscevo nelle vesti di menestrello!"

"Non sei la sola a dirlo! pensa che il maestro del mio coro deve averla pensata come te, perché appena ha letto il testo ha composto una cantata ispirata proprio allo stile di musica del medioevo.", approvò Mike. "Ma adesso, al lavoro!"

"Certo sarebbe bello sapere qualche cenno della storia della regina: ma tu tutte queste cose dove le hai sapute?", ricominciò Silvia incuriosita, ignorando il perentorio invito di Mike.

"Pensa che per evitare di scrivere qualche sciocchezza, cosa abbastanza frequente quando si vuol mettere il naso al di fuori del proprio campo professionale, mi sono dovuto leggere tutta La Storia dei Longobardi di Paolo Diacono e poi sono andato a spulciare nella biblioteca comunale di Monza tutte le pubblicazioni riguardanti le origini di Monza e ho trovato cose veramente interessanti. E' stata comunque la prima e l'ultima volta che mi sono messo a fare lo storiografo!", ribatté Mike, "ma ora non rispondo più a domande che non siano di fisica."

Il tono secco e autoritario di Mike suggerì a Silvia di non insistere; la discussione continuò sul tema iniziale e Mike si rese conto ancora una volta che la vivace intelligenza della ragazza le consentiva di superare alcune carenze di base, aggirando con molto intuito gli ostacoli matematici che la fisica presenta molto frequentemente. La conclusione della verifica era per Silvia incoraggiante: ormai mancava pochissimo al completamento del lavoro di tesi ed era giunto il momento di dedicare tutto il tempo necessario al di fuori di ogni altro impegno: era giunto il momento della vacanza - studio.

18. Vacanza di lavoro

Si accordarono su tutto ciò che era strettamente necessario, ma tra libri, dischi, computer, registratore, sci da fondo, scarponi, vestiario, cinepresa e qualche buona bottiglia di prosecco, si resero conto che una normale auto non bastava, pertanto Mike dovette chiedere in prestito a un amico carrozziere un pullmino a sette posti. La partenza avvenne di sabato mattina e il viaggio fu lunghissimo, anche perché il pullmino non superava in autostrada i 90 all'ora e sulle strettissima e affollatissima strada della Val Pusteria fino a Dobbiaco a malapena superava i 40 all'ora; tenendo conto che la baita si trovava a 6 chilometri dalla statale su un ripido sentierino sterrato e che si sarebbe dovuto chiedere aiuto alla vicina caserma degli alpini per il trasporto del carico, decisero di fermarsi a pranzo a Dobbiaco in un tipico ristorante tirolese.

A tavola ovviamente non si parlò di fisica, ma di musica e ancora una volta Mike dovette constatare quanto fosse piacevole stare con Silvia non solo per il suo gradevolissimo aspetto (le allusive occhiate di invidia dei camerieri e dei commensali la dicevano lunga), ma anche perché la ragazza sapeva intrattenersi su qualsiasi argomento con cognizione di causa; quando Mike domandò se conoscesse il nome del celebre musicista caro a Dobbiaco, Silvia non ebbe esitazioni snocciolando tutte le più famose composizioni di Gustav Mahler e proponendo di andare a cercare il monumento a Mahler prima di riprendere il viaggio.

"Se non sapessi che mi salteresti ancora una volta agli occhi per questioni etniche, avrei voglia di farti una domanda sul tuo tipo di istruzione", osservò Mike e Silvia prontamente di rimando:

"Chiedi pure, qui siamo quasi a casa mia e non credo proprio che avresti il coraggio di offendere ancora i tedeschi, se non altro per una punta di riguardo all'ospite!"

Mike non si fece pregare due volte:

"Ho letto che nello stato di Israele vengono formate classi di ragazzi ad alto livello per creare dei cervelloni, roba un po' da Normale di Pisa italiana4 ; tutto ciò che conosci, ed è davvero molto, non puoi averlo appreso in un tradizionale liceo e nemmeno, data la tua giovanissima età, puoi aver avuto il tempo di fare l'autodidatta. Mi vuoi far capire la fonte delle tue incommensurabili ultraenciclopediche conoscenze?"

"Mi pareva strano che un fisico non ricorresse prima o poi a quell'odioso termine matematico! sapessi quanto ho odiato l'incommensurabilità fin dal primo momento in cui hanno cercato di insegnarmela: non ne ho mai capito niente! per quanto riguarda la tua curiosità, ti ricordi cosa ti ho promesso qualche giorno fa, che, una volta arrivati a destinazione, e siamo ormai a pochi chilometri dal traguardo, avresti saputo tutto, quindi abbi ancora un po' di pazienza. Per ora posso solo anticiparti che sei dotato di un fiuto notevole."

Saldato il conto e visitata la monumentale statua di Mahler a fianco della cattedrale, ripartirono lungo la panoramica strada che porta da Dobbiaco a Cortina arrivando al lago di Landro verso le 15; tra un piccolo contrattempo e l'altro, dovettero lasciare il pullmino a valle e salire lungo lo stretto sentiero innevato con una jeep portando con sè solo alcuni bagagli, rimandando all'indomani il ritiro di tutto il resto che sarebbe stato portato in quota dai muli degli alpini diretti a un vicino campo di addestramento. Giunsero alla baita verso le 16, quando il sole era già tramontato dietro alla Croda, ma la luce diffusa dal cielo e quella riflessa dal Cristallino erano ancora sufficienti per trovare la baita. Era una vecchia costruzione di stile chiaramente austro-ungarico, forse un vecchio padiglione di caccia di Francesco Giuseppe, ancora in buono stato di conservazione, circondata da una fitta macchia di baranci e da bianchi massi probabilmente scaricati dalla soprastante Croda. A fianco un piccolo capanno pieno di legna da ardere accatastata in perfetto ordine, bombole di gas e attrezzi vari. Sopra la porta una lampada a gas in ferro battuto un pò arrugginita. Scaricati i bagagli con l'aiuto dei militari, entrarono e Silvia, dopo aver loro offerto il tradizionale grigio-verde, una grappa alla menta molto diffusa in Alto Adige, corse ad accendere il gas per illuminare il locale. Era un ampio soggiorno arredato con buon gusto in stile rustico con un enorme camino nel quale si poteva anche entrare con tavolo e sedie; alle pareti tutte perlinate in larice vari trofei di guerra ma nessuno di caccia e Mike spezzò subito il ghiaccio:

"Meno male che non vedo trofei di caccia: se avessi trovato volpi o civette imbalsamate o attaccapanni fatti con zampe di camoscio o teste di orso avrei fatto immediatamente dietro-front!"

"Anche tu sei contro la caccia! avrei voluto chiedertelo, ma ho avuto paura di restare delusa; poi mi sono detta che non poteva essere cacciatore un uomo sensibile e romantico come te, appassionato della natura, della musica e della poesia..."

"Oh, questo non vuol dire, Silvia: anche Hitler e i suoi seguaci erano amanti della natura e degli animali: si commuovevano se vedevano soffrire una bestiola, ma poi sterminavano milioni di esseri umani nei forni crematori! mai fidarsi delle apparenze! e poi non prendertela con i cacciatori: loro sono convinti di essere degli sportivi amanti della natura, infatti", continuò Mike con sarcasmo, "sterminano i cinghiali perché sono troppi, intrappolano le volpi inventando la panzana della rabbia, e le migliaia di uccelletti che finiscono agonizzando atrocemente nelle reti dei roccoli sono solo sbadati perché loro le reti le avevano messe al sole ad asciugare per andare a pesca... di farfalle; sai che è vietato ai ristoratori servire in tavolo caprioli, camosci, ricci ecc.? e vuoi sapere cosa hanno detto un giorno ai carabinieri che avevo chiamato in un ristorante della Val Brembana quando ho scoperto che si mangiava polenta e capriolo? che la povera bestia aveva incautamente attraversato la strada ed era morto sotto le ruote di un'auto e quindi, tanto valeva mangiarselo!"

"Perché non scrivi qualcosa sul tema della caccia? vedo che sei molto sensibile al problema e dovresti riuscire bene..."

"Già fatto, ma se non mi fai montare il computer non potrà farti vedere anche questa poesìa, ma ti dirò che l'aria frizzante dell'alta montagna mi ha fatto venire appetito nonostante i due piatti di canederli5 che ho divorato a Dobbiaco, quindi sbrighiamoci, portiamo dentro tutto, mettiamo un po' d'ordine e prepariamo la tavola; c'è tempo tutta la serata per parlare di poesìa, anche perché finalmente non essendoci energia elettrica non si può vedere la TV!"

"Mike, ho combinato un guaio: non mi sono ricordata di avvertirti che qui non arriva l'elettricità e quindi addio computer!", esclamò disperata Silvia.

La interruppe Mike: "Ma ti pare che io mi porti dietro il computer senza informarmi? il mio Archimede- è questo il suo nome- non ha bisogno di rete elettrica, ha il suo alimentatore a batteria solare; ho appena finito di caricarlo e di giorno, quando non lo usiamo, lo esporremo al sole per la ricarica! vedi l'importanza dell'energia solare?"

In poco tempo il soggiorno era in ordine: Mike accese il fuoco nel camino, procurandosi la legna nel capanno, Silvia preparò la tavola e si apprestò a mettere sul fornello l'acqua per gli spaghetti; quando l'acqua entrò in ebollizione, Mike estrasse dallo zaino un lungo termometro e misurò la temperatura che era di soli 95°C: in pochi minuti gli spaghetti furono pronti, anche se, purtroppo, a quella quota di alta montagna, si presentarono alquanto collosi e farinosi perché l'acqua, bollendo a meno di

100°C come al livello del mare, non riesce a staccare quello strato superficiale che normalmente si perde nell'acqua di cottura. Silvia poté verificare con soddisfazione che era vero quanto aveva detto Mike a lezione e commentò :

"Non avrei mai creduto di poter eseguire un esperimento di fisica in una baita di alta montagna, quando all'Università non sono mai riuscita a vederne neppure uno!"

Nonostante l'aspetto poco rassicurante degli spaghetti e il sugo precotto in barattolo, l'appetito era tale da non consentire che si andasse troppo per il sottile e i due divorarono subito il tutto con voracità. Finito il frugale pasto innaffiato con una bottiglia di barbera vivace portata da Mike e opportunamente riscaldata a temperatura ambiente ponendola, dopo averla stappata, accanto al caminetto, Mike si apprestò a caricare sul computer il solito programma per mostrare a Silvia le altre due poesie.

Un Mondo di Vita

Volando sull'alpe lassù una pojana
sta allerta spiando la serpe lontana.
Guardingo nel bosco sta un lupo affamato,
puntando la preda nell'ombra acquattato.
Cercando le bacche gironzola un tasso,
coi cuccioli inermi protetti da un masso.
Attenta a ogni suono un'allegra marmotta,
silente vedetta davanti a una grotta.

Nel parco, tra il sangue, c'è un orso ferito
che attende la morte da un'auto investito.
Su braci roventi arrosto va un riccio,
ucciso dall'uomo per gola e capriccio.
La vita dei boschi nessuno protegge,
e trappole e vischio ignora la legge.
Tra i queti silenzi aleggia 'l terrore,
e semina morte 'l vil cacciatore.

Risuonino i cieli di battiti d'ali,
sia 'l mondo fremente di soffi vitali;
chi l'orme di Diana volesse calcare
al tiro al piattello si vada a sfogare!
Nessun, nel creato, può dare la morte
violando 'l destino che Iddio die' per sorte.

Dopo aver letto e riletto attentamente la poesìa, Silvia osservò:
"E' del tutto inutile che mi esterni in complimenti: le tue poesìe sono una più bella dell'altra e non trovo più parole per esprimere la mia ammirazione e anche un po' di invidia; in questa sei riuscito a esprimere perfettamente il cambiamento del tuo stato d'animo: da una quasi rassegnazione iniziale di fronte alla crudeltà della natura e dello stesso uomo a una rabbiosa voglia di reagire; questa poesìa rispecchia veramente la tua sofferenza per le atrocità e le sevizie cui vengono sottoposti gli animali, che è da me pienamente condivisa."
"Ti ringrazio, ma ora che siamo giunti alla meta, non aspetto che sia tu a chiedermi la Croda Rossa; è anche l'ora più propizia per giudicarla e sono curioso di vedere che impressione ti fa," e senza altri indugi Mike presentò la sua ennesima composizione.

Croda Rossa

Nella val di Landro il lago
s'è increspato sotto al vento;
mentre il buio scende lento
tra le nebbie un suono vago:

dolce canto di un aedo,
triste nunzio dell'inverno,
sopra al bosco al gelo eterno
svetta in cielo Lavaredo.

Son coperti ormai di neve
tutti i monti di Cortina;
coi fantasmi la Moltina
dalle vette scende lieve.

Quando muor, sulla sua fossa
le marmotte accendon fuochi;
tra le nevi i primi crochi
e la Croda si fa rossa.

Silvia si entusiasmò :
"Mike, è la fotografia di questa zona! Il lago di Landro, le
Tre Cime di Lavaredo, i monti di Cortina e la Croda che
ci sovrasta: mi vuoi spiegare come riesci a cogliere con
tanta fedeltà la bellezza e la geografia dei luoghi e come
riesci sempre a metterci una punta di velata tristezza? mi
par quasi di vedere quel vecchio cantore, l'aedo, seduto
sotto a un larice che canta una triste nenia sulle sponde
del lago! Ma spiegami chi è questa Moltina."
"Secondo una vecchia leggenda della valle, il colore rosso della Croda sarebbe dovuto al bagliore riflesso delle
fiamme che le marmotte hanno acceso per i funerali della
loro regina Moltina. Quanto all'altra tua domanda, devo
confessare che la montagna pur nella sua stupenda imponente bellezza e musicalità mi ispira sempre tanta tristezza, forse per i suoi grandi silenzi e i suoi dolci ma cupi
tramonti.", spiegò Mike. Silvia lo interruppe:
"Proprio come Leopardi, che iniziava con gioia e serenità
quasi tutti i suoi canti, ma li finiva sempre con una triste
visione pessimistica del mondo; piuttosto, a proposito di
musicalità, mi avevi parlato di una poesìa sulla musica:
me la mostri?"
"Sono pronto! eccola:"

La nota

Effimera goccia di suono
che sprizza dal freddo metallo,
mutando repente 'l suo tono
rimbalza sul puro cristallo.

Saltella sugli archi agilmente
con ritmo armonioso danzando
la gioia donando alla mente,
qualsiasi confine varcando.

Colpito nell'imo n'è 'l cor,
di vita essa reca un messaggio
che invita alla pace e all'amor
nel suo pur sì breve viaggio.

Lassù tra le vette volando
risuona la nota argentina
tra gli ampi silenzi, gettando
nei cieli una luce divina.

"Anche qui pare quasi di udire il suono di una nota
emessa da una corda di chitarra o di violino: le tue poesìe
sembrano quadri! non è che per caso tra le tue varie attività hai anche dipinto qualche capolavoro: la cosa non mi
stupirebbe tenendo conto del tuo nome!"
"Sei riuscita a sapere anche il mio nome completo! purtroppo devo deluderti perché, nonostante il mio illustre
omonimo Michelangelo, non sono in grado di disegnare
neppure una mela!", e si alzò avviandosi verso la vecchia
credenza e versandosi ancora un po' di barbera.
"Stai attento, Mike, se eccedi nel bere l'alta quota potrebbe farti qualche scherzo!", intervenne Silvia bonariamen-
te.
"Cosa intendi dire? temi forse per la tua incolumità, sola
in una sperduta baita di alta montagna tra le grinfie di un

vecchio satiro, anzi ronfione, per di più amico di Bacco? stai tranquilla, se mi venissero certe buone idee preferirei dichiararle chiaramente e non approfittare della situazione favorevole! e poi, non ci hai pensato prima di partire che potevi correre qualche rischio? dopotutto, hai stuzzicato il mio orgoglio maschile quando hai cominciato a osservare che nelle mie poesìe non parlo mai di donne, quasi mi facessero paura, quindi potrei anche volerti dimostrare che non è così!...", ribatté Mike con una sonora risata.

"Calmati, nulla di tutto ciò che pensi, volevo solo ricordarti che domattina all'alba dobbiamo scendere fino al bivio per ritirare il resto dei nostri bagagli, perché gli alpini non ritorneranno fin quassù con gli asini, e non vorrei che andassi giù a rotoloni per il ripido pendio! quanto poi alle mie paure, ti sbagli di grosso, innanzi tutto perché mi fido di te e poi non so se conosci quella barzelletta nella quale la brutta zitella che va al porto da sola, sconsigliata da un'amica perché là le donne sole rischiano di essere aggredite e stuprate, risponde: "Cos'è una minaccia o una promessa?", lo interruppe Silvia con un'occhiata che Mike interpretò come ammiccante.

"Non preoccuparti per il mio equilibrio in discesa: mia suocera, parlando della mia capacità di tenuta, soleva affermare con una simpatica frase in veneziano che io ne porto più nella pancia che sulla schiena, parlando ovviamente di vino. A proposito di buoni bevitori te ne racconto una, anzi, te la mostro perché si tratta di un'altra poesìa, in dialetto trentino", e senza attendere la risposta di Silvia, ormai scontata, Mike evocò dal computer il vecchio alpino.

El vecio alpin

Piano piano 'l vecio alpino
so dai monti xe torna'

79

tanto fiaco in sul matino
che 'l par proprio fadiga'.
Tuti i dis che l'altra sera
soto i lampi, 'n meso ai tron
xè parti' nella bufera
senza leto né pajon.
Osce che fiaca, vecio alpin!

Ma no xé sta' la tempesta,
manco i sasi dal ghiaion
che lo g'ha ciapa' a la testa
xe na bala de quel bon.

Soto 'l sole trabalando
se strascina 'l vecio alpin,
un po' d'ombra 'l va zercando
no de piante, ma de...vin.
Osce che bala, vecio alpin!

"Conosci il dialetto trentino?", domandò Mike, e, al cenno di diniego di Silvia, aggiunse:
"Questa poesiola si basa su un gioco di parole: ombra in
dialetto non ha il significato che ha nella lingua italiana,
ma sta per bicchiere di vino; bala sta per sbronza; fiaca sta
per stanchezza; pajon sta per paglierìccio; osce (da legger-
si os-ce) è un'interiezione che sta per accidenti; ora credo
che tu possa afferrarne il senso."
"Gustosissima!" esclamò Silvia, "però devo dire che poesìe come questa in italiano non direbbero niente: questi
armoniosi e simpaticissimi dialetti sanno rendere comi-
che anche le situazioni più complicate! mi piace anche
quel ricorrente accenno alla sbronza, sembra quasi il testo
di una canzone."
"Indovinato! è una canzone musicata anch'essa dall'ex
maestro del mio coro; a proposito di poesìe in dialetto,
ne ho composta un'altra in dialetto veneto e devo darti
ragione, in italiano direbbe molto poco, ma la musicalità

del dialetto invece la rende simpatica.", aggiunse Mike.
E Silvia, di rimando: "Adesso sei tu che vuoi metterti in bella mostra: stai aspettando che ti chieda di vedere anche quest'ultima novità? cosa aspetti?"
Ed ecco farsi avanti la timida Giuditta:

La timida Giuditta

Do comari de campagna
le se incontra sulla piazza:
"Xe tò fiola sempre ziva6!
La ghe vol perseveranza?
Massa timida, putela7
se un marìo8 se vol trovar.
Se camina e varda in tera,
el marìo ghe scaparà!
La mia Nina g'ha coragio,
varda i omi drito ai oci,
se marida a primavera
col nevodo d'un gran sior."
"Massa9 giusto, siora Adele;
el coragio no se compra,
ma però la mia Giuditta
la g'ha altre qualità:
se va a spasso per Livenza
g'ha vergogna dei putei,
sbassa i oci e varda in tera,
e la trova tanti schei10."

"Ti dirò che ho capito poco delle singole parole, ma ho intuito il significato; mi ricorda il teatro goldoniano: forse dovresti leggermela tu, che conosci il dialetto. Credo renda molto di più.", commentò Silvia e dopo che Mike, sforzandosi di pronunciare correttamente il dialetto, l'ebbe letta, soggiunse: "Sai che è la prima poesìa senza rime? evidentemente hai cominciato a sentirti più sicuro di rag-

81

giungere certi effetti e ci sei certamente riuscito."

Si era ormai fatto tardi ed era giunto il momento di coricarsi; Silvia prese possesso dell'unica cameretta della baita e Mike, cercate un paio di coperte pesanti, si sistemò sul comodo divano allontanandolo dal caminetto:
"Se mi metti un po' di salvia e rosmarino nelle orecchie, l'arrosto di Mike sarà pronto entro un'ora se starò così vicino al fuoco!", poi aggiunse: "Mi raccomando, chiudi la porta a chiave, non si sa mai!"

Silvia gli si avvicinò con aria felina, gli rimboccò le coperte e gli diede il bacio della buona notte e Mike di rimando: "Sogni d'oro, maliarda tentatrice!"

Quando Mike si svegliò, il locale era inondato di luce; Silvia aveva già riordinato la cucina e il soggiorno e aveva preparato il the: "Buongiorno, Mike, hai dormito bene? io, niente affatto…".

"Incubi, terrore o brutti sogni?", la interruppe Mike.

"Nulla di tutto ciò: non hai fatto altro che russare per tutta la notte; temo che nel bosco qui attorno non ci sia più un abete in piedi, perché li hai segati proprio tutti! sentirai cosa ti diranno le guardie forestali!", e scoppiarono in una grande risata.

4 La Scuola Normale di Pisa è famosa in tutto il mondo per la serietà e il livello di preparazione dei suoi laureati. Da essa sono usciti grandi scienziati quali Enrico Fermi e Carlo Rubbia (N.d.A.)
5 Tipica specialità della cucina altoatesina: sono una varietà di gnocchi giganteschi fatti con mollica di pane, speck ecc. (N.d.A.)
6 Zitella (N.d.A.)
7 Ragazza (N.d.A.)
8 Marito (N.d.A.)
9 Troppo (N.d.A.)
10 Soldi (N.d.A.)

19. Gerhard

Dopo la sobria colazione, si apprestarono a scendere al bivio per il ritiro dei bagagli. Le soffuse luci dell'alba davano alla montagna un aspetto incantevole e gioioso, ben diverso dalla tetra tristezza della sera precedente: durante la discesa intonarono allegramente alcuni facili tradizionali canti di montagna.

"Sai, Silvia, che sei molto intonata?", le fece notare Mike, "perché non canti anche tu in un coro?"

"Se mi accettate nel tuo, ben volentieri!", fu la risposta entusiasta di Silvia.

"Purtroppo non è possibile, perché il nostro è un coro per sole voci virili..."

"Vedi che indirettamente mi dai ragione? tu canti in coro di maschilisti perché sei uno come loro; fate discriminazione per le donne perfino in un hobby quale il canto corale!", reagì rabbiosamente Silvia.

"Ti sbagli, è tutto il contrario: è per estremo rispetto per il gentil sesso che abbiamo deciso di escludere le donne; quando cantiamo noi ci disponiamo in due file e la presenza delle donne ci creerebbe dei grossi problemi, perché noi uomini non sapremmo mai dove mettere le mani: se le teniamo dietro la schiena e siamo in prima fila, c'è il rischio di allungarle troppo all'indietro, mentre, se siamo in seconda fila, qualcuno, sapendosi ben coperto, potrebbe allungarle troppo in avanti. E' valida la giustificazione?", aggiunse Mike.

"Ormai siamo arrivati, ne riparleremo a fondo alla prossima occasione!", tagliò corto drasticamente Silvia.

Trovarono una giovane recluta lasciata dagli alpini a curare i bagagli, mentre tutti gli altri avevano deviato con i muli su un altro sentiero. Controllarono che tra i vari pacchi vi fosse anche quello con gli alimentari fatti acquistare in un rifugio al passo sottostante, si caricarono due zaini a testa sulle spalle e risalirono lentamente fino alla baita in totale silenzio, perché la faticosa salita sulla neve non consentiva loro di sprecare fiato.

Appena sbucati dal bosco sullo spiazzo antistante la baita, con grande sorpresa di Mike, apparve sulla porta un ometto piccolo e magro, sulla cinquantina, con un pizzetto ben tenuto, che andò loro incontro e, tendendo la mano a Mike, esclamò, in uno stentato italiano che tradiva evidenti origini tedesche:

"Herr professor, sono molto lieto di poterla finalmente conoscere: il mio nome è Gerhard Reder, nativo di Monaco, ma assente da tempo dalla mia città; potrei dire di essere un cittadino dello spazio...".

"Scusi, ma lei da dove arriva e come fa a conoscermi? e le pare corretto rivolgersi solo a me senza neppure salutare la signorina che è in mia compagnia?", lo interruppe Mike e l'uomo di rimando: "Conosco perfettamente Silvia, perché è mia nipote; ora capisce perché mi sono rivolto solo a lei...?".

"Ho capito!", lo interruppe nuovamente Mike, "me lo immaginavo! il nonno, o lo zio, è venuto a vedere in che mani è capitata la nipotina!". Poi, rivolgendosi a Silvia:

"Non mi avevi detto di avere parenti da queste parti!" e quindi, rivolgendosi ancora all'ometto:

"Mi scusi per non averle dato prima la mano, ma la mia sorpresa è stata tale che me ne sono dimenticato; comunque, sono molto lieto di fare la sua conoscenza! e ora mi dica che cosa è venuto a fare da queste parti; avrei piacere se oggi sarà nostro ospite a pranzo, vero Silvia?". Silvia annuì, ma non pareva troppo entusiasta della inattesa visita di Gerhard e meno ancora della prospettiva di averlo a pranzo, perlomeno questa era l'impressione che aveva avuto Mike.

Gerhard accettò l'invito, ringraziando e soggiungendo: "Credo proprio sia stata una buona idea la sua, anche per-

ché dovremo parlare di tante, tantissime cose..."
Lo scambio di battute era fino a quel momento avvenuto all'aperto e Silvia suggerì:
"Non possiamo continuare all'interno? qui fa freddo."

20. La verità

Entrati nella baita, Gerhard si accomodò sulla sedia che Mike gli porse e continuò :
"Lei sarà curioso di conoscere il motivo della mia visita; ha fatto caso che poco fa, presentandomi, mi sono definito cittadino dello spazio? La mia storia, anzi la nostra storia", proseguì guardando Silvia, "è molto lunga e dolorosa, anzi sarebbe meglio che tutta la parte iniziale gliela raccontasse Silvia, perché come sente, la mia pronuncia italiana non é sempre corretta e potrebbero sfuggirle certi dettagli molto importanti. Si chiederà come mai ho deciso di raccontare tutto a lei, ma si renderà ben presto conto che anche lei è coinvolto, suo malgrado, in questa faccenda."
Mike trasecolò:
"Mi domando come possa io entrare nella sua storia, comunque la ascolterò di buon grado; però", aggiunse preoccupato, "se è proprio una lunga storia, e se la deve raccontare Silvia, mi domando chi preparerà il pranzo!"
Silvia sistemò subito tutto proponendo:
"Senti, Gerhard, perché non cominci tu, io intanto vado in cucina a preparare: tra un'oretta, quando tutto sarà pronto, potrò continuare io se non avrai ancora finito."
"D'accordo, buona idea", accettò Gerhard, lisciandosi il pizzetto, "allora comincio io. Professore, lei conosce certamente la teoria della relatività di Einstein e il famoso paradosso dei gemelli", e, senza attendere conferma da parte di Mike, proseguì: "e avrà sentito parlare delle V2 di Hitler e del suo progetto di creare una super-razza partendo da uomini e donne bellissimi e fisicamente perfetti e dotati di intelligenza superiore. Bene la nostra storia ha questi tre ingredienti fondamentali, mescolati però a fatti imprevisti che ci hanno riuniti qui."

Mike lo interruppe:

"A dire il vero, credevo di essere venuto qui per altri motivi: sua nipote Silvia, come lei certamente saprà, si deve preparare per la tesi di laurea in fisica all'Università di Milano e mi ha chiesto di farle da relatore; dopo una prima fase di accurata preparazione a Milano, approfittando di un periodo di sosta delle attività di insegnamento, Silvia mi ha proposto, e io ho accettato con grande piacere, di trascorrere due settimane in questa bellissima baita. Poi è arrivato lei con la storia che dovrebbe coinvolgermi, ma non riesco a capire in quale misura e ora mi sta davvero incuriosendo: certo che, tra la nipote che ha il pallino dell'antimateria,e lo zio, o nonno che sia, che ha quella della teoria della relatività, siete davvero una strana famiglia!"

"Allora, cominciamo col precisare che Silvia non è mia nipote, ma mia sorella e che tra me e lei c'è una differenza di età di due anni...", riprese Gerhard.

"Mi dica pure che sono maleducato , ma devo dirle che li porta male i suoi ventisei anni...", intervenne Mike, allibito.

21. Relatività applicata

"No, herr professor, è Silvia che porta bene i suoi cinquanta e passa anni, e credo che Silvia sia l'unico esempio vivente di verifica del paradosso dei gemelli e ora glielo spiego: nel 1944 Hitler aveva intuito che il Reich era destinato a una brutta fine e allora giunse a una sofferta decisione: non era preoccupato per se e per il destino a cui temeva di andare incontro, ma per non poter veder realizzato il sogno della super-razza; in una cittadella costruita in gran segretezza nel 1941 vicino a Mainz aveva riunito cinquanta donne e cinquanta uomini scelti con i criteri che le ho già ricordato sopra: bellissimi, fortissimi e intelligentissimi. Questi cento esseri umani avrebbero dovuto dopo un breve periodo di istruzione e di ambientamento scegliersi un partner stabile con il quale procreare a ritmo frenetico e ossessivo i primi esemplari della super-razza: le cose erano iniziate bene e i nostri genitori, due bellissimi esemplari di pura super-razza tedesca, misero al mondo me nel 1942, nostro fratello Otto nel 1943 e Silvia nel 1944..."

"Hanno iniziato con un ritmo produttivo impressionante!", commentò Mike, mantenendo tuttavia la sua aria incredula.

Gerhard, senza dargli peso, proseguì:

"Come le stavo dicendo, proprio nel 1944, Hitler, sicuro che la cittadella segreta sarebbe stata smantellata dagli Alleati una volta persa la guerra, e intendendo comunque proseguire nell'esperimento, ebbe un'idea: in qualunque punto della Terra avesse trasferito la cittadella, prima o poi, caduto il Reich, si sarebbe scoperta, perciò pensò allo spazio. Sottopose a una ricerca estenuante e febbrile decine di fisici e di ingegneri aeronautici fino a costringerli a realizzare un motore capace di imprimere alla V2 su cui sarebbe stato montato velocità molto vicine a quella della luce; in tal modo, secondo la teorìa della relatività di Einstein che prevede tra l'altro la famosa dilatazione dei tempi, gli esemplari della super-razza caricati a bordo della V2 avrebbero potuto continuare gli esperimenti e un giorno avrebbero potuto ritornare sulla Terra con tutta la loro produzione; poiché però per loro il tempo passava molto più lentamente che per gli abitanti del nostro pianeta, avrebbero potuto presentarsi con un aspetto molto giovanile, da eterni fanciulli, costituendo una prova della validità del modello della super-razza, oltre che, aggiungo io, di quella della relatività di Einstein (ma credo che a Hitler importasse poco della fisica di Einstein).

Bene, il 18 novembre 1944 vennero caricati su una V2 dotata del motore superveloce 15 uomini e 15 donne, tra i quali mia madre, mio padre e mia sorella Silvia: i genitori per riprendere immediatamente l'attività procreativa, i giovani per costituire una futura riserva di materiale umano in caso di imprevisti. La V2, denominata *Supersterne*11, raggiunse in breve tempo, breve per il suo equipaggio, non certo per noi, un pianeta esterno al sistema solare, distante dieci anni-luce da noi, a noi ancora sconosciuto, ma dall'altissimo grado di civilizzazione, abitato da esseri molto simili a noi...".

"Mi scusi", lo interruppe ironicamente Mike sempre più incuriosito alla storia, e al tempo stesso incredulo," ma lei come fa a sapere questi particolari; glieli hanno forse comunicati via radio?"

Gerhard non raccolse la provocazione facendo finta di niente :

"Herr professor, anche se ho modeste conoscenze di fisica, so benissimo che un segnale radio da tale pianeta, che hanno battezzato *Criptos*11, impiegherebbe dieci anni a raggiungerci, ammesso che a bordo della Supersterne vi fossero radio tanto potenti da riuscire a trasmettere segnali percepibili a tali distanze!

Siamo rimasti senza notizie per quasi cinquant'anni e ormai disperavamo che la missione un giorno riuscisse a tornare sulla Terra. Improvvisamente, l'anno scorso, il radiotelescopio *Sky Bridge* 12 della Brain University, guarda caso la stessa dove lei si è specializzato qualche anno fa, ha ricevuto un misterioso messaggio in codice che, opportunamente decodificato, ci comunicava che una parte dell'equipaggio della Supersterne era ripartito da Criptos con destinazione la Terra per portare a conoscenza dei terrestri tutte le impensabili evoluzioni del progresso scientifico in quel nuovo mondo ed eventualmente per ripartire con altri terrestri alla volta di esso.

Purtroppo, la navicella fornitaci dai nostri amici extraterrestri, la *Sterneschiff* 13 appena giunta nel corridoio tra Marte e Giove, infestato dagli asteroidi, o pianetini che dir si voglia, dopo aver urtato alcuni frammenti meteorici della fascia degli asteroidi, è entrata in avaria ed è ora alla deriva nello spazio..."

"E sua sorella Silvia si è calata a Terra col paracadute! vero, Silvia, bellissima cinquantenne?", proseguì ironicamente Mike, aggiungendo:

"Senta, Gerhard, la sua storia potrebbe andar bene per un racconto fantascientifico, ma io e Silvia abbiamo da fare cose serie; adesso pranziamo, poi lei molto discretamente si toglie dai piedi e se ne torna alla sua cittadella. D'accordo?", e rivolgendosi nuovamente a Silvia:

"Ma come è possibile che tu stia ad ascoltare tutte queste sciocchezze senza dire niente? Ma che scherzi sono la storia del fratello, della Supersterne, della super-razza, dei pianetini: mi hai portato fin qui per prendermi in giro?"

Silvia non rispondeva dalla cucina, da dove non proveniva più alcun rumore di preparazione di un pranzo. Mike si alzò in punta di piedi e si avvicinò alla cucina: Silvia era seduta con la testa nascosta tra le braccia e piangeva sommessamente.

"Silvia, per amor di Dio, cosa fai? mi vuoi far capire cosa

sta succedendo? se continua così io divento pazzo!", esplose Mike e, rivolto a Gerhard:

"Esca immediatamente di qui, vecchio pazzo, se è venuto fin qui per plagiare Silvia e per farla soffrire, la rimando a valle a rotoli!"

Gerhard non si scompose, attendendo l'intervento della sorella; Silvia si alzò, si asciugò gli occhi e uscì lentamente dalla cucina, avvicinandosi a Mike che si era portato vicino a Gerhard con aria minacciosa:

"Mike, scusami, ma è tutto vero ciò che ha detto Gerhard! non te la devi prendere con lui, ma solo con me che ti ho nascosto la verità per lunghi mesi! ho carpito la tua buona fede, ma senza alcuna intenzione dolosa; te ne renderai conto subito, se mi lasci proseguire, perché ritengo doveroso che tocchi a me raccontare la parte più dolorosa della storia, quella che ti coinvolge direttamente..."

"Non vedo proprio in che senso questa storia dovrebbe coinvolgermi!", sbottò Mike," e poi non ci credo assolutamente: quali prove avete per dimostrare la veridicità di tutto ciò che avete raccontato?".

Ma Mike si sforzava di apparire incredulo al racconto di Gerhard; in realtà cominciava a dubitare che qualcosa di vero ci fosse.

Silvia riprese: "Ne sei già dentro fino al collo! Se mi lasci parlare, saprai tutto: nel 1955 la V2, che viaggiava a velocità di poco inferiore a quella della luce - solo 280000 chilometri al secondo - arrivò nell'atmosfera di Criptos e quando cominciò a mettersi in orbita di parcheggio per decidere il da farsi, fu immediatamente circondata da uno stormo di strani velivoli criptiani a forma di disco; ci chiesero gentilmente via radio, esprimendosi in perfetto tedesco, il permesso di venire a bordo per eseguire dei controlli (era la loro prassi); alla risposta affermativa del nostro comandante, vennero a bordo tre criptiani muniti di apparecchiature di rilevamento di eventuali germi che avrebbero potuto contaminare gli abitanti del pianeta.

Rilevarono la presenza di un germe che secondo loro sarebbe stato pericolosissimo se avessimo atterrato su Criptos e di tale germe eravamo purtroppo portatori solo noi Reder. La decisione fu che ventisei persone della nostra missione avrebbero potuto atterrare su Criptos, mentre noi quattro avremmo dovuto ripartire per una piattaforma laboratorio dove saremmo stati purificati dal germe; il guaio fu che la piattaforma distava altri dieci anni-luce da Criptos, per cui tra andata, permanenza in quarantena per il disinquinamento e ritorno, passarono altri 21 anni, tempo terrestre, ma per noi quattro passarono solo 6 anni: in quel momento eravamo nel 1976 secondo il tempo terrestre, ma io avendo trascorso quasi tutti i miei 32 anni in moto a velocità prossima a quella della luce, in realtà ne avevo solo quasi 11.

Una volta atterrati finalmente su Criptos ritrovammo gli altri sedici membri della missione e per tutti noi fu uno shock incredibile, perché noi quattro sembravamo davvero sensibilmente più giovani: la cosa che mi fece più impressione fu il ritrovare una mia coetanea che dimostrava tutti i suoi 32 anni contro i miei 11; sui giovani l'effetto relativistico si nota molto di più che sugli anziani…"

Mike non la fece continuare: "Adesso, però, basta, hai fatto sfoggio delle tue conoscenze sulla teorìa della relatività e devo dire che, almeno a spanne, hai fatto bene i conti; però il gioco adesso è finito e ritorniamo a essere seri!"

Gerhard si intromise a sua volta: "E' proprio vero che non c'è più sordo di chi non vuol sentire! La lasci finire almeno: poi sarà libero - per modo di dire- di trarre tutte le conclusioni che vorrà!"

"E va bene: in fondo la fantascienza mi ha sempre appassionato: vuol dire che scriveremo un racconto per Urania!", fu il commento ironico di Mike.

11 Dal greco, nascosto (N.d.A.)
12 Dall'inglese, Ponte nel cielo (N.d.A.)
13 Dal tedesco, nave stellare (N.d.A.)

22. Un pianeta di sogno

"Posso continuare?", chiese Silvia. "Eravamo rimasti all'arrivo su Criptos dopo la cura depurante; l'ambientamento fu molto rapido, perché, se escludiamo i principi di estremo rigore morale sui quali era fondata la loro società - ti basti sapere che da loro non esistono né vigili, né poliziotti, né tribunali - è quasi tutto come da noi; quello che mi ha meravigliato più di tutto è stato il livello delle loro scuole: non si pone il problema dell'accertamento dell'adempimento dell'obbligo scolastico, perché per i criptiani la scuola è vita, nel senso che da loro l'istruzione è un primario impegno morale cui nessuno vuole sfuggire; al limite, se uno vuole, può continuare a studiare per tutta la vita - e da loro la vita media di un individuo supera il secolo - passando automaticamente da un livello all'altro e scegliendo ciò che preferisce. La differenza rispetto ai terrestri è la estrema severità: chi si iscrive a un certo ordine di studi e non ottiene risultati più che brillanti, viene automaticamente retrocesso a un ordine di studi inferiore..."

"Adesso comincio a capire perché sei così ferrata in tutto!", la interruppe Mike," continuando: "Si direbbe una scuola sul modello di certe scuole di Israele, dove si va avanti solo se si è veramente intelligenti e preparati, quasi una scuola di casta!"

"Come stavo dicendo, appena arrivati, io e Otto ci iscrivemmo alle scuole - da loro non esiste la scuola privata- problemi di lingua non ne avevamo, perché i criptiani conoscono praticamente tutte le lingue parlate sulla Terra, inglese e tedesco in particolare, mentre i miei si misero alacremente al lavoro per recuperare il tempo passato in quarantena e raccogliere tutte le informazioni da portare sulla Terra."

"Scusami, ma non ho capito una cosa:" chiese Mike," se non ho fatto male i conti, tu non avevi potuto avere alcuna istruzione fino allo sbarco su Criptos; è vero che dimostravi 11 anni, ma credo che un undicenne criptiano avesse già frequentato almeno quattro o cinque anni di scuola; non ti sei trovata a disagio nel dover iniziare praticamente dall'abici?" Poi proseguì:

"C'è comunque un'altra cosa che non mi spiego: dice un detto popolare che per saper raccontare bugìe credibili occorre una memoria di ferro; come puoi tu, avendo iniziato a frequentare la scuola solo su Criptos ad avere conoscenze così approfondite sull'arte, la letteratura, la musica, la montagna, lo sport e altro tipicamente terrestre? voglio vedere cosa mi rispondi! ti ho messo finalmente in crisi, eh!"

"Per niente; è più che logica una domanda del genere;" replicò con calma Silvia, "te lo spiego subito e non dirmi che avevo la risposta preconfezionata; per quanto riguarda la musica, credo che potrai convenire che certe composizioni degli autori di cui abbiamo parlato sono retaggio dell'umanità e che un popolo così evoluto come i criptiani non possa ignorare uomini come Mozart, Beethoven, Bach; per quanto riguarda invece l'arte e la letteratura italiane, ti sei mai chiesto come posso aver trascorso i lunghi anni del viaggio verso Criptos, verso la piattaforma di quarantena e ritorno e da Criptos fino alla fascia degli asteroidi? leggendo, ascoltando musica e vedendo documentari sulle montagne. Soddisfatto?"

"Per ora sì; però, se ci fossi stato io come compagno di viaggio, avrei trovato un modo ben diverso di farti passare il tempo!", sospirò Mike.

"Allora, se mi permetti, vado avanti: restammo su Criptos fino al 1984 quando il nostro comandante, secondo le istruzioni ricevute alla partenza da Terra, doveva rimandare indietro una parte del gruppo; e qui devo dire che nessuno di noi terrestri voleva ritornare, perché l'ambiente sociale incontrato su Criptos ci aveva conquistati tutti: perciò si dovette procedere al sorteggio, con la sola clausola di evitare lo smembramento delle famiglie; toccò alla mia famiglia essere sorteggiata per il ritorno a Terra: la V2 restò su Criptos: i nostri amici extraterrestri ci hanno fornito molto generosamente una navicella a bordo della quale avevano montato una scialuppa spaziale monoposto di salvataggio, la Rettung14, da usarsi solo in caso di emergenza; alle prime avvisaglie del bombardamento meteorico, abbiamo proceduto al sorteggio di chi avrebbe dovuto salire sul monoposto per arrivare a Terra per chiedere aiuto e, ancora una volta, sono stata sorteggiata io; sono salita sulla Rettung, restando d'accordo che avrei potuto ricevere comunicazioni sul proseguimento del loro viaggio su un computer terrestre che avrebbero scelto solo dopo aver ricevuto la risposta dal radiotelescopio Sky Bridge al quale avrebbero inviato un segnale di soccorso; Sky Bridge, ricevuto il nostro S.O.S. cosmico, ha trasmesso a me il tuo nominativo e tutte le informazioni mi giungevano dalla navicella sul tuo computer a firma Werner, il capitano del nostro equipaggio. Capisci adesso gli strani messaggi che tu attribuivi al virus? per me erano informazioni preziose e per i miei compagni di viaggio vitali…! e capisci ora perché, quando leggevo tali messaggi andavo in crisi?"

"E dove sei atterrata, in piazza del Duomo o sulle guglie della Madonnina?", la interruppe ironicamente Mike," e naturalmente la Rettung è andata distrutta durante l'atterraggio e non ne rimangono tracce, vero?"

"Tutt'altro: non ti ricordi quando ti ho detto di conoscere perfettamente le Pale di San Martino e in particolare il Cimon della Pala? hai notato che in altra occasione ho dimostrato di non conoscere il dialetto trentino? e come avrei fatto a conoscere così bene il Cimone se non per esservi atterrata sopra? la Rettung è rimasta su una cengia sulle pendici del Cimone e se non ci credi ci andiamo domani..."

Mike non la lasciò finire: "Naturalmente qualcuno l'ha trovata e se ne è impadronito senza dir nulla alla stampa o alla televisione! Bene, ragazzi, domattina si parte per il Cimone: il problema, a mio parere, è quello di vedere come faremo a raggiungere e a trovare la Rettung che sarà coperta da quattro o cinque metri di neve!"

"Lo vedremo, ma ti prego accendi il computer: voglio vedere se c'è qualche messaggio; l'ultimo non faceva presagire nulla di buono perché comunicava che il motore ha subìto un'avaria subito dopo aver cambiato direzione, perché si erano infilati in uno stretto corridoio al termine del quale il radar aveva avvistato un gruppo di pianetini che parevano diretti proprio contro la navicella; pensa in quale stato d'animo mi posso trovare sapendo che lassù ci sono tutti i miei!", supplicò Silvia.

Mike accese il computer, ma nessun messaggio apparve sullo schermo e la cosa poteva essere interpretata in vari modi: o il viaggio proseguiva senza particolari novità oppure era già avvenuta la collisione con i pianetini e la navicella era andata distrutta; un'altra possibilità poteva essere che il segnale radio fosse stato intercettato da qualche corpo celeste in quella zona dello spazio così piena di materia.

Mike cercò di consolare Silvia che dava evidenti segni di inquietudine:

"Il fatto che non ci sia nessun messaggio non deve far presagire una tragedia: può darsi che le pile del mio computer non siano completamente cariche e che perciò il messaggio non appaia", sapendo di mentire, perché le aveva caricate due sere prima e il computer era stato usato solo per pochi minuti e la sua autonomia era di otto ore di effettivo funzionamento. Poi aggiunse:

"Voi mi state raccontando un sacco di frottole! come fa ad arrivare un messaggio su questo computer se il primo messaggio è stato a malapena captato dal radiotelescopio

Sky Bridge? mi avete preso per scemo?...".

Lo interruppe subito Gerhard: "Lei dimentica che la navicella sta avvicinandosi alla Terra a velocità elevatissima e che sono passati diversi mesi dal primo messaggio: le distanze si sono ridotte e ormai la navicella si trova all'interno del sistema solare tra Marte e Giove e che un radiosegnale da tale zona dello spazio impiega circa solo 25 minuti ad arrivare fino a noi, tenendo conto che si trova a circa 500 milioni di chilometri!"

"D'accordo", convenne Mike, "ma, anche ammesso che sia tutto vero ciò che mi avete raccontato, mi volete spiegare quali sono i vostri progetti di salvataggio della navicella? non penserete di poter allestire in quattro e quattr'otto una missione di soccorso da Cape Canaveral?"

La risposta di Gerhard fu immediata:

"C'è una sola possibilità: è per questo che abbiamo deciso di rivolgerci a lei, herr professor; gli esperti di Criptos avevano calcolato che in caso di avaria, per riportare in orbita verso la Terra la navicella era necessario un impulso di energia spaventosamente alto, dell'ordine delle esplosioni di una supernova e questo lo potrebbe fornire solo un processo di quelli in gioco nell'annichilazione di materia e di antimateria e l'unica persona al mondo in grado di aiutarci è lei. Ha capito ora perché abbiamo pensato a lei, dopo aver saputo dei riconoscimenti da lei avuti in tale campo?"

"Capisci il motivo del mio interesse per l'antimateria? io non devo preparare nessuna tesi di laurea: ho solo bisogno del tuo aiuto per salvare i miei e il resto della missione.", aggiunse Silvia, proseguendo : "Ricordi quando ti ho parlato di certe strane teorie di annichilazione tra persone di sesso diverso che però avessero certe affinità simili a quelle che devono avere una particella e la sua antiparticella per annichilarsi? Secondo gli scienziati di Criptos, questo tipo di annichilazione è l'unico in grado di fornire l'energia necessaria per deviare la traiettoria della navicella!"

"Cara Silvia, capisco il tuo stato di prostrazione dovuto alla preoccupazione per la sorte dei tuoi, ma permettimi di dirti che stai dando i numeri; confermo la mia convinzione che tu abbia indubbie doti di logica, ma ciò che stai dicendo è pura fantascienza!", intervenne Mike, continuando: "E poi, perché mi hai condotto fin qui? le stesse cose me le potevi raccontare anche a Milano; non poteva raggiungerti là il tuo adorato fratellino?"

14 Dal tedesco, scialuppa (N.d.A.)

23. Un piano disperato

"No, herr professor, perché la Rettung è atterrata da queste parti, non a Milano ed è da qui che dovrete ripartire domani!", soggiunse Gerhard, quasi sogghignando.
"Cosa? io dovrei ripartire domani? e per quale destinazione?", domandò preoccupato Mike.
Spiegò Gerhard: "Glielo spiego subito: Silvia ha scoperto che voi siete due anime gemelle, avete in comune la passione per la musica, per la letteratura, per la montagna, per lo sport, per la pittura, proprio i cinque requisiti che gli scienziati di Criptos ritengono necessari per l'esplosione che produrrà l'energia necessaria a correggere l'orbita della navicella; e poi tra voi, così almeno mi ha detto Silvia, c'è anche una certa reciproca attrazione, o mi sbaglio?"
"Sono cose che non la riguardano: comunque non credo che a Silvia siano sfuggite le mie attenzioni, solo che, ritenendola poco più che ventenne, la guardavo come una figlia; ora le cose sono cambiate, sapendola mia coetanea. Ma questo cosa vorrebbe dire? quali progetti avete in mente, me lo volete spiegare, una volta per tutte?", disse Mike, cambiando improvvisamente tono.
"Se mi lascia continuare, glielo spiego subito!", proseguì Gerhard. "Domani ci recheremo sul Cimone, cercheremo la Rettung, la rimetteremo in ordine di partenza, voi due salirete a bordo impostando sul computer come destinazione la fascia degli asteroidi e quando riceverete il segnale dalla navicella, non prima, perché sarebbe un sacrificio inutile se per caso fosse già andata distrutta, al suono della Sinfonia delle Alpi di Strauss, ritenuta un catalizzatore indispensabile per l'innesco della reazione, vi stringerete in un forte amoroso amplesso e sprigionerete l'energia necessaria per il compimento della missione."

"Voi siete semplicemente pazzi: e sareste disposti a sacrificare due vite per un insensato tentativo che non potrà comunque dare alcun frutto? Non potremmo eseguire un esperimento preliminare sulla Terra, anziché rischiare di perderci nello spazio? se la cosa dovesse funzionare, ne potremmo riparlare. Magari, per evitare di liberare troppa energia che andrebbe persa senza il compimento della missione, potremmo limitare la durata e l'intensità dell'amplesso, evitando l'azione catalizzante della musica di Strauss. Solo una prova generale. Che ne dite?", propose furbescamente Mike, aggiungendo poi, perplesso:" E poi, come contereste di incanalare l'energia eventualmente da noi liberata per indirizzarla verso la navicella?"

"Una cosa alla volta: lei, professore, ha avuto tanti mesi a disposizione per approcci del genere con mia sorella e solo ora si accorge che le piace? suvvia, lei ha capito che il meccanismo può funzionare davvero e sta cercando una via di scampo! niente da fare, ormai è lei il predestinato. E poi, credo che Silvia glielo abbia detto, il vostro sarà un sacrificio parziale, di breve durata: prima o poi l'energia utilizzata per la correzione dell'orbita si rimaterializzerà per farvi ricomparire, insieme, da qualche parte del cosmo, dove potrete creare una nuova razza e una nuova civiltà!", precisò Gerhard per tranquillizzare Mike. E continuò :" Per quanto riguarda come indirizzare il fiotto di energia sulla navicella, beh, almeno a questo ci deve pensare lei, altrimenti perché ci saremmo rivolti a un esperto di antimateria?"

Silvia aveva ascoltato in silenzio il colloquio tra Mike e il fratello e aveva notato che Mike appariva quasi divertito al progetto; la sola cosa che lo preoccupava erano evidentemente i rischi del viaggio nello spazio sulla Rettung:

"Non ti alletta l'idea di un lungo viaggio con me sulla Rettung? dopo tutto, hai dichiarato chiaramente di provare attrazione per me. Pensa a quali nuove poesìe potrebbe ispirarti il cosmo, magari, e sarebbe ora, me ne potresti dedicare una..."

"Già fatto, però pensavo di leggertela al lume di candela, nel caldo di questa romantica baita, non in una gelida bara spaziale quale diventerà la Rettung; ti ricordi la scena iniziale di 2001, *Odissea nello spazio*? bene, noi saremo gli interpreti veri della seconda puntata!", esclamò Mike.

"Voglio vederla immediatamente!", impose Silvia.

"Prima non sarebbe opportuno mettere qualcosa sotto ai denti? sono due ore che parliamo e abbiamo tempo di vedere tutte le poesie che volete, vi pare?", propose Gerhard.

"Per me, va bene, anche se devo confessare che mi avete fatto passare la fame! mentre Silvia prepara, io devo fare una telefonata: permettete?", domandò Mike, avviandosi verso la credenza sulla quale aveva riposto il suo cellulare.

24. Una proposta alternativa

"Telefoni pure", concesse Gehrard, "però niente scherzi: le ricordo che fino a quando arriveremo alla Rettung lei è sotto libertà vigilata. E per favore, parli in italiano e non pensi di chiedere aiuto ai carabinieri di Dobbiaco."

"Mi dispiace, ma mi sarà impossibile parlare in italiano, perché non mi capirebbero: devo chiamare il centro spaziale di Pasadena, negli USA, per avere alcune informazioni. Mi è venuta un'idea che vi esporrò solo dopo aver visto la Rettung: avrete capito che non sono ancora convinto di tutta questa storia.", precisò Mike.

"Stiamo attenti, Silvia, questo vuole chiamare qualche suo collega a Milano che capisce perfettamente l'inglese e fare intervenire i carabinieri: come te la cavi con l'inglese?", chiese Gerhard.

"Piuttosto male, Gerhard, ma io ho fiducia in Mike: lascialo fare: dopo tutto, è anche suo interesse trovare una soluzione alternativa, anche se a mio parere non esiste. In fondo, proviamole tutte piuttosto che finire a brandelli in un'esplosione!", fu la risposta di Silvia.

"Le persone malfidenti non mi sono mai piaciute," scattò Mike," perciò prenda lei il telefono, si rivolga al 1790, comunicazioni intercontinentali, e chieda il numero del Pasadena Space Center, dopo di che lo componga e chieda del professor Charles Townes, premio Nobel per la fisica nel 1964: non penserà che mi rivolgo a lui per chiamare i carabinieri di Dobbiaco? Anzi, sarà meglio aspettare almeno un paio d'ore: il mio orologio fa quasi le 14, quindi a Pasadena, che si trova a pochi chilometri da Los Angeles, ora sono le 7 di mattina e non credo sia già al lavoro. E poi si ricordi bene, caro signor Gerhard, che comunque vadano a finire le cose, per lei è pronta una denuncia per sequestro di persona!"

"Gerhard, stai esagerando: non è così che si risolvono i problemi! ma come, Mike si sta dando da fare per risolvere una situazione così drammatica e tu, anziché offrirgli tutta la tua collaborazione, lo tratti come un malfattore! ha tutte le ragioni a essersela presa in questo modo! e poi, in fondo, si tratta di noi due e non di te, che in tutti i casi te ne stai comodo sulla Terra ad attendere gli eventi! guarda che la teorìa dell'antimateria riguarda anche te e potresti essere tu a prendere il mio posto con la tua anima gemella...", esplose Silvia con rabbia.

"Sì, con la strega di Biancaneve farebbero proprio una bella esplosione!", commentò sarcasticamente Mike, aggiungendo, rivolto, a Gerhard: "E ora mi può accompagnare al bagno, visto che sono sotto libertà vigilata?"

"A tavola!", chiamò Silvia, "presto, perché qui si raffredda subito tutto e la polenta con il gulasch vanno mangiati caldi!"

Durante il pranzo nessuno ebbe il coraggio di riprendere il discorso della mattinata; parlò quasi sempre Silvia per raccontare entusiasticamente al fratello tutto ciò che Mike le aveva insegnato e non solo di fisica; Mike a un certo punto uscì con una domanda che dimostrò quanto fosse stato sconvolto dall'incredibile successione di eventi della giornata e che mai neppure uno studente avrebbe fatto:

"Senti, Silvia, come mai sul pianeta Criptos non hai messo su famiglia, non hai un marito, dei figli? mi pare impossibile per una bella donna come te! tra l'altro avresti dovuto contribuire anche tu alla realizzazione della super-razza e ci saresti riuscita con successo!"

Il solito Gerhard rispose con cattiveria e sarcasmo al posto della sorella:

"Dalla sua domanda deduco che i ritmi biologici non si rallentano solo sulle astronavi relativistiche, ma per qualcuno anche standosene fermi sulla Terra, a meno che non si tratti di un effetto dovuto all'alta pressione! non si ricorda che Silvia le ha appena spiegato di essere arrivata su

Criptos a 11 anni e di esserne ripartita a 19?"

"Ha ragione", riconobbe Mike, non senza una punta di sarcasmo, "non avevo pensato ad Einstein, ma non vedo cosa ci sarebbe stato di strano ad avere un marito a 17 o 18 anni: temo proprio che anche a lei faccia effetto l'alta pressione dei 3000 metri. Bene, forse è ora di parlare con Townes: vediamo se è arrivato in studio."

Si alzò, afferrò il telefonino dalla credenza e chiese alla Telecom il numero di Pasadena; avutolo dopo qualche difficoltà di ricerca da parte dell'operatore addetto alle linee intercontinentali, lo compose e chiese di parlare con il professor Townes; poco dopo all'altro capo del filo gli giunse la voce del premio Nobel; Gerhard cercava di carpire dalle labbra di Mike qualche parola che gli facesse intuire l'argomento del colloquio, ma le sue conoscenze di inglese erano troppo modeste per permettergli di capire qualcosa e continuava a fissare Mike con aria sospetta; il colloquio durò pochi minuti, al termine dei quali Mike, visibilmente soddisfatto, chiuse il cellulare esclamando:

"Ho avuto una buona notizia che ci permetterà forse di uscire da questa situazione senza ricorrere ad alcun sacrificio umano, ma non intendo parlarvene se non dopo aver visto la Rettung, perché ancora non credo a questa impossibile storia."

Gerhard ribatté: "Non può almeno darci qualche indicazione, anche se non dettagliata, su quale potrebbe essere la soluzione secondo lei? non capisco perché ha dovuto rivolgersi in America…". Ma Mike lo zittì immediatamente:

"Ho i miei buoni motivi per non parlarne ora. Invece avrei bisogno da Silvia alcune informazioni molto importanti per il mio progetto: le dimensioni della Sterneschiff, il suo peso e il numero dei componenti l'equipaggio, il materiale di cui è fatto lo scafo, a quale distanza presumibilmente si trova ora da Terra; se ha riportato danni durante il bombardamento dei meteoriti, perlomeno fin quando c'eri tu a bordo."

Silvia fu molto precisa ed esauriente:

"Dunque, l'equipaggio comprende 12 persone, la Sterneschiff ha forma parallelepipeda, circa 20 metri di lunghezza, 6 di altezza e 8 di larghezza, l'esterno è tutto in una lega di titanio e alluminio; per quanto riguarda la distanza è un problema: infatti, quando io sono partita, il motore relativistico era in avaria e la velocità della Sterneschiff era nettamente diminuita da 250000 chilometri al secondo a poco più di 1000; per fortuna non è stato danneggiato il motore relativistico della Rettung e ho potuto raggiungere il corridoio neutro tra la Luna e la Terra in poco meno di un'ora: qui ho dovuto spegnere il motore relativistico e azionare un motore tradizionale a energia solare per diminuire la velocità che mi avrebbe potuto far perdere nel cosmo. Non so esattamente se sono riusciti a riparare il guasto e nei messaggi finora arrivati sul tuo computer non si fa alcun cenno alla velocità."

Mike riprese: "Un momento: mi sai dire se è possibile uscire dalla Sterneschiff per eseguire alcune operazioni all'esterno?"

"Inizialmente era possibile, ma non so cosa sia successo dopo la mia partenza: può darsi che l'urto con i micrometeoriti abbia bloccato il portellone di uscita; ma che cosa hai in mente di fare? a questo punto ritengo sia un mio diritto saperlo!", fu la risposta di Silvia, che appariva sempre più preoccupata.

"Silvia, non voglio illudere né te né me stesso, visto che ormai sono nei guai anch'io; domani richiamerò Pasadena per sentire quali possibilità immediate ci sono e se la cosa è fattibile, trasmetterò i dati che mi hai appena fornito e il loro computer ci dirà se la mia idea è realizzabile. Per ora non posso dire altro.", concluse seccamente Mike.

"Professore, ho la netta sensazione che lei stia perdendo il suo tempo, anzi stia prendendo tempo per escogitare qualche trucco per svignarsela, ma si ricordi che non le sarà facile; nel suo e nostro interesse, sappia che mentre voi eravate a prendere i bagagli, ho disposto all'esterno della baita una rete di mine per evitare che le venga in mente di scappare questa notte: è sicuramente più gradevole morire per un'esplosione di antimateria piuttosto che essere ridotto a brandelli da una mina!", commentò Gerhard con tranquillità.

"Ma perché non mi levi di mezzo questo attaccabrighe di tuo fratello?", sbottò Mike rivolto a Silvia, continuando: "Andiamo a vedere sul computer se c'è qualche novità dalla Sterneschiff" e si alzò andando ad accendere Archimede. La novità in effetti c'era perché sul monitor comparve il seguente messaggio: **Path too long: cannot find line of flight. Werner.** (Percorso troppo lungo: non riusciamo a trovare la via di uscita.) La notizia era confortante perché da un lato informava che la Sterneschiff esisteva ancora, ma dall'altro poteva anche significare che la navicella si era persa nello spazio e sarebbe stato problematico individuarla per mettere a punto il piano di salvataggio di Mike.

25.Violento scontro

Silvia, che appariva rasserenata e fiduciosa nel progetto di Mike, suggerì, per sdrammatizzare :
"Dal momento che dobbiamo attendere fino a domani per andare al Cimone, perché non mi mostri la poesìa che mi hai dedicato?", ma Gerhard, acido, intervenne:
"Ti pare il momento di pensare alle poesìe? io invece voglio sapere tutto e subito sul piano del tuo amico, altrimenti nessuno di noi arriverà al Cimone!", ed estrasse una pistola puntandola verso Mike e urlando: "Mi ha sentito?"
Mike restò immobile davanti alla minaccia dell'arma, ma Silvia, che si trovava alle spalle di Gerhard accanto al caminetto non si perse d'animo, afferrò un pezzo di legna e lo scagliò sulla nuca di Gerhard: il tremendo colpo gli fece cadere di mano la pistola e Mike fu lesto ad impadronirsene, puntandola a sua volta contro Gerhard, ancora intontito dal colpo alla nuca:
"Adesso ho io il coltello per il manico! Avanti, Silvia, perquisiscilo, mentre io chiamo i carabinieri; ha voluto scherzare con il fuoco, ma adesso è giunta la resa dei conti! è ora di finirla con questa messa in scena!"
Mentre Mike componeva il 113, Silvia lo supplicò piangendo: "Mike, fermati, se chiami i carabinieri, andrà in fumo tutto il tuo piano: non pensi ai 12 dispersi nello spazio? hai tutte le ragioni a reagire così, ma per colpa di mio fratello non puoi sacrificare dodici vite! rimanda tutto a domani!"
La decisione mostrata da Silvia e il suo sguardo che esprimeva illimitata fiducia in lui e al tempo stesso tanta tenerezza, convinsero Mike:
"Lo faccio solo per te, anche perchè le tue ultime parole mi hanno fermamente convinto, se ancora avessi avuto

qualche dubbio, che la tua storia è vera: non avresti re-
agito in questo modo se si fosse trattato di una volgare
bugìa!" e ripose il cellulare, continuando:
"Quanto a lei, ringrazi Silvia se mi ha fatto cambiare
idea; sappia comunque che si tratta solo di un rinvio e
vada subito a disinnescare le mine: non ha pensato che
potrebbe passarci sopra qualche militare o qualche animale del bosco?" e puntò la pistola premendola ai fianchi
di Gerhard e sospingendolo verso la porta. Dopo qualche
attimo di titubanza, Gerhard si avviò lentamente al depo-
sito, uscendone subito dopo con un badile e controllando
le intenzioni di Mike, sempre con la pistola puntata verso
di lui. Mike a sua volta teneva d'occhio il badile:
"Non tenti di fare scherzi, del resto l'unica remota possibilità di salvezza per la Sterneschiff è il mio progetto",
poi, rivolto a Silvia: "Mi chiedo se a questo punto valga
ancora la pena di andare al Cimone: la Rettung può benissimo restare dov'è e nel frattempo guadagneremmo
tempo prezioso per mettere a punto il mio piano. Cosa
ne pensi?"
La risposta gli giunse da Gerhard :
"Professore, le chiedo scusa per il mio comportamento di
poco fa, ma devo ammettere che non avevo fiducia in lei;
ero convinto che stesse cercando una scappatoia, ma ora
non più, dopo le sue ultime parole. Credo valga la pena
di mettere una pietra su tutte le nostre incomprensioni e
impegnarci tutti quanti al massimo per la riuscita del suo
piano. Anzi, propongo un brindisi alla sua salute! e sono
d'accordo con lei nel lasciar perdere il Cimone!".

26. Di comune accordo

Silvia accolse con gioia la proposta del fratello, controllando le reazioni di Mike, il quale si limitò a dire: "Bene,
io stapperò una bottiglia di prosecco, mentre lei sistemerà
le mine, ma si decida a farlo, e subito!" E Silvia aggiunse, felice: "Meno male che avete finito di litigare: avete
proprio due caratteri impossibili! mi domando come ho
fatto a resistere finora: comunque la pistola d'ora in poi la
custodirò io.", e tese la mano verso Mike che, con qualche
riluttanza, gliela consegnò.
Mezz'ora dopo Gerhard rientrò con un sacco di iuta con-
tenente le dodici mine appena disinnescate; Mike le volle
vedere e commentò:
"Mi domando che cosa avreste fatto se fossi saltato in
aria! io non me ne intendo, ma queste hanno tutta l'aria di
esplodere al minimo contatto! dove se le è procurate? non
credo sia facile trovarle in un'armeria!"
"Infatti," chiarì Gerhard, "le ho prelevate in una cava di
marmo qui in valle nei giorni precedenti il vostro arrivo
e sarà opportuno liberarcene al più presto: le consegnerò
ai carabinieri dicendo che le abbiamo trovate nel bosco."
"Bravo furbo," intervenne Silvia, "così vengono a fare un
giretto da queste parti e scoprono lo scavo intorno alla
baita! invece, le porteremo con noi ritornando a Milano
e racconteremo che le abbiamo trovate in una piazzola
dell'autostrada: credo sia la soluzione più conveniente."
Finalmente brindarono a una felice conclusione della
missione e Mike annunciò: "A questo punto posso sve-
larvi il mio piano; può darsi che abbiate qualche suggerimento da darmi. Dunque, ricorderete che nel lontano
1969 la missione Apollo si concluse con il primo allunag-
gio dell'uomo nel mare della Tranquillità; in quell'occasione gli astronauti statunitensi prelevarono campioni di

rocce lunari, eseguirono alcuni salti sul suolo lunare per verificare la modesta gravità del nostro satellite e prima di ritornare a Terra installarono un grande specchio per un curioso esperimento che fu eseguito qualche mese dopo: da Terra venne inviato su quello specchio un fascio di una particolare luce che, riflettendosi sullo specchio, ritornò a Terra; dalla misura del tempo impiegato tra andata e ritorno, sapendo con quale velocità viaggia la luce, gli astrofisici di Pasadena furono in grado di determinare esattamente la distanza tra la Luna e la Terra."

Poi, interrompendosi un attimo per riprendere fiato: "Ho detto luce particolare, perché un fascio di luce normale si aprirebbe a ventaglio subito dopo l'emissione dalla sorgente e non riuscirebbe neppure a uscire dall'atmosfera terrestre perché verrebbe distrutto per diffusione da parte delle molecole d'aria. Usando invece un nuovo tipo di luce scoperta da Townes, quello a cui ho telefonato poco fa, un fascio che parte da Terra con un diametro di pochi centimetri è in grado di arrivare a 400000 chilometri di distanza, per l'appunto la distanza Terra-Luna, allargandosi solo fino a un diametro di circa un metro. Provate questa sera al buio a illuminare il prato qui davanti con la torcia: il fascio di luce che esce con un diametro di 5 cm dopo dieci metri si è allargato a due-tre metri; Riprendendo il discorso, se riesce a colpire lo specchio lunare - e con le tecniche di alta precisione di oggi è piuttosto facile - si riflette su di esso e ritorna a terra dove viene captato da un grande specchio parabolico e rivelato..."

"Ho capito", lo interruppe Gerhard, "si tratta di un fascio *laser* , la scoperta per la quale Townes ottenne il Nobel nel 196415."

"Esattamente," riprese Mike, "questa luce, prodotta da certi cristalli opportunamente eccitati con scariche elettriche, ha un'importante proprietà: si può concentrare su piccolissime superfici in modo da generare localmente grandi quantità di energia e da esercitare di conseguenza

una elevatissima pressione su tali superfici."
Intervenne Silvia: "E' strano che non ne abbia mai sentito parlare! Eppure su Criptos le conoscenze scientifiche erano all'avanguardia, ma non ho mai sentito nominare il laser."
"E' abbastanza normale,"spiegò Mike con una battuta spiritosa che gli altri non mostrarono di apprezzare, "la scoperta è del 1958 e probabilmente non erano ancora arrivati su Criptos i giornali che ne davano notizia! Ma lasciatemi illustrare il mio progetto: come stavo dicendo, la conferma della possibilità di esercitare una grande pressione su un oggetto anche a grandi distanze suggerì l'impiego dei fasci laser per la correzione delle traiettorie di satelliti artificiali e i risultati furono sorprendenti: il laser agisce come un vero e proprio dito; basta indirizzarlo su un satellite per fargli cambiare traiettoria. E' ormai diventata una tecnica comune, usata per satelliti meteorologici, per satelliti spia, per satelliti di esplorazione atmosferica o per telecomunicazioni o di mappatura della gravità terrestre."
"Non riesco a vedere la connessione con il nostro problema.", intervenne Silvia.

15 Laser è un acronimo per Light Amplification by Stimulated Emission of Radiation; i primi esperimenti furono eseguiti con cristalli di rubino. Oggi le sue applicazioni sono innumerevoli, dal compact disc, agli impianti antifurto, agli impieghi in medicina, in odontoiatria ecc.(N.d.A.)

27. Il piano di Mike

"Te la spiego subito:", proseguì Mike, "quando ho parlato al telefono con Townes, gli ho esposto la mia idea di usare il laser per far deviare dalla attuale traiettoria la Sterneschiff e gli ho chiesto se il centro spaziale di Pasadena o qualche altro centro di sua conoscenza dispongono di un laser di sufficiente potenza per eseguire una manovra del genere su una nave spaziale: la sua risposta è stata che finora un esperimento del genere non è mai stato eseguito solo perché non se ne è mai presentata l'occasione, ma in linea di principio non dovrebbero esserci difficoltà. Ha voluto sapere alcune informazioni sulla nave, in particolare sulla sua struttura esterna e sulla massa complessiva, perché le potenze laser disponibili non è detto che siano in grado di deviare masse troppo grandi; mi hai dato una buona notizia comunicandomi che la struttura esterna è completamente metallica; in tal caso, infatti, il raggio laser si riflette e, anche se può sembrare paradossale, la pressione esercitata sulla Sterneschiff sarebbe doppia di quella che eserciterebbe se il rivestimento esterno fosse di materiale assorbente, per esempio, totalmente verniciato in colore scuro opaco, o addirittura nero."

"Allora, ci sono speranze?", domandò fiduciosa, ma al tempo stesso visibilmente preoccupata, Silvia.

"Non voglio illudermi né illudervi: non è così facile come una gara di tiro a volo; i problemi grossissimi da affrontare sono almeno due ed è per questo che Townes spera di farmi sapere qualcosa già domani: innanzi tutto si deve stabilire quale centro potrà fornire il raggio laser, ma qui, secondo lui, lo potremo trovare senza grandi difficoltà in Europa, facilmente in Germania e poi c'è il grosso problema dell'individuazione della Sterneschiff: non è certo facile, senza aver avuto informazioni recentissime, sapere in quale zona dello spazio si trovi, né possiamo pensare di ricorrere a radiotelescopi; nessuno di essi può iniziare una missione di ricerca del genere senza autorizzazioni ufficiali e i tempi e le spese necessari sarebbero proibitivi!"

"Non capisco perché Werner non riesce a comunicarci dove diavolo si trova ora la Sterneschiff; possibile che si sia guastato il rivelatore di coordinate? ha parlato solo di avaria al motore, ma mi sembra che sia stata riparata, perché nell'ultimo messaggio parla di percorso troppo lungo e di difficoltà di trovare la linea di volo: quale linea di volo? dovrebbero essere già usciti indenni dal corridoio degli asteroidi, quindi potrebbero trovarsi nella regione tra Marte e la Terra.", intervenne Gerhard e continuò rivolgendosi a Mike: "In tal caso dovrebbero trovarsi a non più di 150 milioni di chilometri dalla Terra e un radiosegnale da Terra impiegherebbe circa 8 minuti per raggiungerli: non si potrebbe tentare di inviare un segnale da un potente radiotelescopio ripetendolo a intervalli regolari e sperando che prima o poi lo ricevano?"

Mike lo corresse : "Nessuno ci può dire quale direzione abbiano preso, perché mi pare che nei messaggi precedenti abbiano comunicato a più riprese di aver perso l'orientamento, quindi può darsi che la Sterneschiff sia uscita lateralmente dalla fascia degli asteroidi e ora sia in volo verso Giove anziché verso la Terra. Quindi, "rivolto a Silvia," possibile che, quando hai abbandonato la Sterneschiff, non ti abbiano dato alcuna informazione sulla frequenza della loro trasmittente?"

"In effetti, sul cruscotto della Rettung è riportata una sigla alfanumerica, ma non mi sono preoccupata di prenderne nota quando sono atterrata sul Cimone: in quel momento dovevo solo pensare a salvare la pelle!", precisò Silvia.

"Ma allora dobbiamo andare subito a cercare la Rettung! è l'unica alternativa! Perché non ne hai parlato prima?", la rimproverò dolcemente Mike, e Gerhard intervenne in sua difesa:

"Probabilmente quella sigla è stata incisa sul cruscotto pensando che in caso di incidente, chi avesse trovato il relitto della Rettung avrebbe potuto avvertire la Sterneschiff. Non era pensabile che la situazione si evolvesse in modo così imprevedibile!"

28. Verso il Cimon della Pala

Ritornava dunque alla ribalta il viaggio al Cimone alla ricerca della Rettung; i tre decisero di partire la sera stessa e pernottare a San Martino di Castrozza in modo da poter l'indomani mattina, appena in funzione la seggiovia del Col Verde, prendere il sentiero che dalla stazione della seggiovia porta verso il Cimon della Pala. Mike però aveva qualche dubbio sul versante da scegliere per salire al Cimone, perché, ben conoscendo quei luoghi, sapeva che il percorso ferrato per giungere in vetta era considerato alquanto difficile e sconsigliato ai non esperti:
"Secondo me è opportuno prendere con noi una guida, perché nessuno di noi è esperto di vie ferrate e non conviene affrontare senza conoscerlo un percorso reso oltremodo più pericoloso dalla neve; ho paura che anche la guida si rifiuterà di condurci lassù; ma poi, quale motivazione possiamo inventarci per giustificare una simile pazzia? non possiamo certo raccontare la storia della Rettung, perché allora varrebbe la pena di raccontare tutto alla stampa e ci penserebbero loro a organizzare le ricerche, con il rischio di far entrare in azione carabinieri, protezione civile ecc., sequestrando la Rettung e impedendoci di arrivare alla sigla. Vale la pena di sentire prima al telefono l'ufficio guide di San Martino." E si alzò andando verso il cellulare; dopo aver composto il numero e parlato con il responsabile dell'ufficio guide, depose mestamente l'apparecchio: "Come temevo non c'è niente da fare; le guide non riprendono la loro attività fino a fine maggio e oltretutto mi hanno vivamente sconsigliato di partire da soli per la pericolosità della via e per le previsioni che per domani sono pessime. Cosa possiamo fare?"
Silvia insisteva per partire comunque, ma Gerhard, cosa per lui eccezionale, si dichiarò del tutto d'accordo con

Mike: "Ha ragione, Silvia, sarebbe una follia affrontare quel percorso da soli e senza la minima attrezzatura; dobbiamo cercare una diversa soluzione."

L'atmosfera si era fatta tesa e Mike, guardando l'orologio, propose: "Sono quasi le 18: forse è il caso di richiamare Townes e fornirgli le informazioni che mi ha richiesto, aggiungendo i nuovi particolari: chissà che non abbia qualche idea." E, senza attendere il parere degli altri due, richiamò Pasadena. Purtroppo il professor Townes era uscito dal centro e non sarebbe rientrato fino alla mattina dopo, ovvero fino alle 16 ora italiana. Non restava altro da fare che attendere l'indomani. Silvia tornò in cucina per preparare qualcosa per la cena, mentre Mike decise di accendere il computer per controllare eventuali nuovi messaggi, ma subito lo spense, deluso.

Fu una cena tanto frugale quanto silenziosa; nessuno aveva voglia di aprir bocca e i pensieri di tutti erano concentrati sulle pendici del Cimone, che pareva proprio essere l'unica e ultima ancora di salvezza per i disperati della Sterneschiff. Il primo a rompere il silenzio fu Gerhard: "Starò per dire una co... ma, mi scusi, professore: se il laser è un raggio così penetrante, perché nella tecnica radar si continuano a usare le microonde che sono molto meno penetranti per la loro bassa frequenza? secondo me, se un radar usasse un fascio laser i tempi di rilevazione sarebbero più rapidi, vantaggio importantissimo per gli avvistamenti a grande distanza quali quelli su scala cosmica..."

Mike sobbalzò: "Bravo Gerhard: la sua co... l'ha detta, però mi è stato di grande aiuto!" e, battendosi la fronte, "ma perché non ci ho pensato prima?

Premesso che il laser è un'onda elettromagnetica come lo sono le microonde e che tutte le onde elettromagnetiche viaggiano con la stessa velocità, che è poi quella della luce, e che quindi il tempo impiegato da un laser e da una microonda per percorrere una data distanza sarebbe sempre lo stesso, mi ha fatto venire in mente che qualche anno fa era stato progettato un radar funzionante a raggi laser, chiamato lidar , che si proponeva di utilizzare la banda di frequenze dell'infrarosso, proprio perché il fascio di un radar non deve penetrare nel bersaglio avvistato, ma deve esserne prontamente riflesso e la radiazione infrarossa, essendo di bassa frequenza, ha proprio tali caratteristiche. Però in seguito non ne ho più sentito parlare: è il caso che ne parli domani con Townes che sicuramente è più aggiornato di me in materia: certo che il fascio di un lidar potrebbe esplorare ogni millimetro di spazio anche a grandi distanze da Terra e risolverebbe il nostro problema!"

Andarono a coricarsi presto anche perché stressati dalla lunga giornata di schermaglie e preoccupati per la difficile giornata che li attendeva.

29.Una slavina provvidenziale

La mattina dopo Mike, che aveva faticato a prender sonno per la ridda di ipotesi che gli giravano in mente, si alzò all'alba, si rivestì silenziosamente e uscì in punta di piedi dalla baita per andare a fare quattro passi nel bosco; visto che il tempo prometteva bene nonostante le previsioni della sera precedente, decise di scendere verso la statale del lago di Landro, tanto per sgranchirsi le gambe in attesa di fare colazione con gli altri.

Giunto al bivio dove era sceso la mattina precedente a ritirare i bagagli, incontrò un alpino col mulo:

"Buongiorno, signore, ha sentito che sono arrivati i marziani?"

"Buongiorno a lei: quali marziani?"

"Come, non ha sentito la radio e nemmeno letto i giornali? già, ma lei è quel signore della baita lassù e quindi non sa niente! Cose dell'altro mondo! ieri pomeriggio è caduta una slavina, per fortuna non ha travolto nessuno, però quelli del soccorso alpino accorsi sul posto per cercare eventuali vittime, sa cosa hanno trovato? una nave spaziale! sono arrivati giornalisti, autorità, esperti da tutta Italia e hanno detto che roba del genere sulla Terra non ne esiste; sembra un disco volante e anche le scritte che ci sono dentro e fuori non le sa leggere nessuno: è proprio un disco volante, ma a bordo non hanno trovato nessuno, quindi adesso stanno cercando i marziani dappertutto!"

"Ma dove è successo?", domandò Mike.

"Non molto lontano da qui, in val Cismon, sotto al passo Rolle; sa dov'è il Cimon della Pala, proprio lì!"

Mike trasalì col cuore in gola: "Grazie per l'informazione, vado di corsa a raccontarlo ai miei amici! Arrivederci!", e corse su per il sentiero giungendo senza fiato alla baita, dove Silvia e Gerhard dormivano ancora: afferrò un vecchio campanaccio da mucche appeso presso il camino e urlò : "Sveglia, sveglia, dormiglioni! ci sono belle novità: hanno trovato la Rettung!" e raccontò tutto d'un fiato quanto gli aveva riferito l'alpino.

Non fu necessario programmare il da farsi, perché in meno di cinque minuti, senza nemmeno pensare alla colazione, erano fuori dalla baita pronti a precipitarsi a valle; dopo pochi metri Mike tornò indietro a riprendersi il cellulare e il numero di Pasadena, giustificandosi così: "E' meglio non perdere tempo: se riusciamo a leggere la sigla chiamo Townes da San Martino."

In pochi minuti raggiunsero la provinciale e salirono sul pullmino: vi fu solo qualche discussione sul percorso più rapido per raggiungere il passo Rolle, ma alla fine prevalse il piano di Mike che conosceva molto bene la zona dolomitica; decisero di scendere da Cortina, risalire il Pordoi, deviare verso la val di Fassa fino a Predazzo e poi risalire lungo la statale del passo Rolle; fino a Predazzo il viaggio fu rapido, ma verso il Rolle incontrarono un intenso traffico provocato dalle tante macchine dei curiosi attratti dalla sensazionale notizia del ritrovamento; poco dopo Paneveggio, dove la strada si restringe costeggiando il lago di Forte Buso, incontrarono un posto di blocco istituito dai carabinieri; un carabiniere li apostrofò gentilmente: "Mi dispiace, ma dovete fermarvi qui, il passaggio è consentito solo ai giornalisti accreditati, alle forze dell'ordine o ai residenti."

Mike non si perse d'animo: "Io sono qui per motivi di servizio: devo andare a controllare se l'osservatorio di raggi cosmici dell'Università di Milano al passo Rolle è stato danneggiato." E mostrò un documento di appartenenza all'Università di Milano.

L'appuntato prese il documento, lo esaminò e si allontanò verso un superiore con il quale parlottò per un minuto buono; Mike vide il tenente avviarsi verso la jeep e parlare via radio; poco dopo si avvicinò al pullmino rivolgendosi a Mike: "Mi dispiace, ma il suo documento attesta solo che lei appartiene all'Università, non è una richiesta di lasciapassare, perciò la devo fermare qui;" "Ma scusi, tenente – riprese Mike – come potevano sapere i dirigenti del mio dipartimento che sarebbe stato attuato un blocco stradale? Se non crede alle mie parole, le do il numero telefonico del dipartimento, così potrà verificare di persona che sono autorizzato all'ispezione." Il militare, addolcito dall'essere stato chiamato tenente, mentre era solo brigadiere, osservò che in fondo Mike aveva ragione e con un sorriso un pò forzato fece cenno che il pullmino poteva passare. Quando il pullmino arrivò alla sua altezza sia il brigadiere che l'appuntato sbirciarono all'interno sgranando tanto d'occhi alla vista di Silvia e l'appuntato commentò, non senza una punta d'ironia: "Anche la signorina è qui per servizio?" e Mike prontissimo: "Certo, anche lei, è la mia assistente di laboratorio!" E l'appuntato, brusco, ordinò: "Circolare, circolare!"

Dopo pochi metri, i tre scoppiarono in una risata e Silvia: "Ma sai che hai una faccia tosta incredibile! ma almeno esiste l'osservatorio di raggi cosmici?" "No, ma loro non lo sanno!", fu la laconica risposta di Mike.

Alle 10 erano arrivati al passo Rolle; parcheggiarono a fatica il pullmino sul ciglio della strada e Mike corse a informarsi sulla via più breve per raggiungere il luogo dove era caduta l'astronave (la minuscola Rettung era ormai diventata tale nella fantasìa della gente!) e seppe da un valligiano che la strada più corta era scendere verso San Martino lungo la statale, fermare il mezzo a un bivio da dove parte il Sentiero dei Cacciatori dal quale in un'ora si arriva alla seggiovia del Col Verde. Prima di risalire sul pullmino fecero una breve colazione al bar Rolle, quindi ripartirono in fretta e dopo pochi minuti arrivarono al bivio, stranamente poco affollato: si infilarono gli scarponi perché il percorso era innevato.

Il panorama era grandioso: mentre camminavano nel bosco tra gli abeti occhieggiava ogni tanto l'elegante sagoma del Cimon della Pala, quasi totalmente innevato; appena uscivano al sole in qualche breve spiazzo, ecco accanto al Cimone la agile cima della Vezzana, mentre verso sud si ergeva minacciosa la punta della Rosetta.

Durante la camminata si incrociarono le più disparate ipotesi: "Ma siamo sicuri che si tratti della Rettung?", "Non sarà un vero disco volante che ha visto la Rettung dall'alto e ha riconosciuto la provenienza extraspaziale?", "Ma ci permetteranno di avvicinarci?", "Non l'avranno già trasportata al chiuso nella vicina baita?".

Finalmente verso le 11,30 arrivarono nel piccolo spiazzo antistante l'arrivo della seggiovia del Col Verde e scoprirono l'efficienza della locale organizzazione: alle spalle della stazioncina un cartello scritto con vernice rossa ancora fresca indicava **ASTRONAVE** puntando verso un ripido sentiero all'inizio del quale campeggiava un altro cartello del CAI con la scritta Via Ferrata al Cimone. Era dunque proprio come aveva detto Silvia! ma sarà davvero stata la Rettung?

I tre si avviarono verso l'attacco del sentiero e Mike fermò un giovane per chiedere se si dovesse percorrere la via ferrata; con grande soddisfazione di tutti il giovane rispose in dialetto trentino: "No, la sarà sì e no a dosento metri apena sora de qua; ma sté attenti, perché i dise che xe pericolo de contaminazion!"

Prima di avviarsi, Mike estrasse dal taschino della giacca a vento una grossa penna stilografica e mostrandola a Silvia e continuando a ignorare Gerhard, disse: "Questo è il nostro lasciapassare! ora vedrete!"

Dopo una diecina di minuti, dove il sentiero stava diventando sempre più ripido curvando sulla destra, i tre avvistarono un capannello di almeno una ventina di persone ferme sul sentiero e pochi metri più in là una transenna a guardia della quale stavano tre carabinieri e due uomini della protezione civile in tuta arancione.

Senza esitare, Mike invitò Silvia e Gerhard a seguirlo ingiungendo loro di non parlare in nessun caso. Si fecero largo a fatica tra i componenti il capannello, dove qualcuno, dopo aver visto Silvia, osservò spiritosamente: "Se questa bela putela la vede i marziani i la porta via!", e avanzarono verso i cinque davanti alla transenna:

"Buongiorno," disse Mike, "sono stato inviato dall'Università di Milano per controllare se il relitto è radioattivo e, senza attendere che gli chiedessero le prove, estrasse il documento di appartenenza all'Università e quella che Silvia e Gerhard credevano fosse una penna stilografica e che era invece un dosimetro portatile per la misura della dose di radiazioni nucleari."

Quello che sembrava il capo dei tre carabinieri, con tono arrogante, apostrofò Mike: "Questo non dimostra niente! Ci vuole un permesso della Prefettura di Trento." Ma Mike con sicurezza replicò, con tono secco e deciso: "Già e le pare che io, svegliato alle due di notte con l'incarico di venire a effettuare questo controllo, mi prendevo anche la briga di mettermi in coda alla Prefettura di Trento per farmi rilasciare un permesso speciale! Se non crede alle mie parole, provi a telefonare all'Università di Trento al mio amico prof. Zanetti e chieda se sono o meno..."

Mike era audace, ma anche decisamente fortunato, perché uno dei due giovani in tuta arancione, che prestava il servizio di leva nella protezione civile, non lo lasciò finire: "Maresciallo, se conosce Zanetti, possiamo lasciarlo passare: è il mio professore di tesi ed è un esperto di radioattività." Il maresciallo, suo malgrado, dovette cedere, però, divorando Silvia con gli occhi, aggiunse: "E va bene, lei può passare, ma questi due no! è lei il professore e l'autorizzazione vale solo per lei!" Ma Mike, sempre più deciso, afferrando per un braccio Silvia, se la trascinò dietro esclamando: "Io faccio le misure, ma la mia assistente deve prendere nota dei dati: e si ricordi che nelle missioni pericolose non si va mai da soli: voi carabinieri me lo insegnate!"

Il maresciallo, esterrefatto, non ebbe più nulla da eccepire.

Fatti pochi metri oltre la transenna, al di là della curva, apparve incombente sopra le loro teste il Cimone e proprio al di sotto di un probabile ghiaione, reso invisibile dal manto nevoso, al termine di una lunga scia di neve e di sassi, ecco apparire una sagoma color cobalto metallizzato: a prima vista poteva sembrare una macchina di formula 1, mancavano gli alettoni e le minigonne, ma la cabina di guida era circondata da una sorta di ciambella trasparente di un materiale molto simile alla plastica, ma evidentemente molto più rigido e denso. Mike si voltò verso Silvia: "E' davvero la Rettung?"

"Si", annuì, precipitandosi verso la scialuppa e spiando all'interno, ma Mike la richiamò ad alta voce, facendo in modo che lo sentissero chiaramente i due carabinieri che nel frattempo li avevano seguiti: "Attenta, potrebbe essere pericoloso: vado avanti io con il dosimetro, poi ti dirò quando potrai venire a trascrivere i dati!"

Senza neppure leggere il dosimetro, ma facendo finta di farlo, dopo quasi cinque minuti, chiamò Silvia e le disse, quasi urlando:

"Prepara una tabellina e scrivi i seguenti valori: 23 al primo minuto,17 al secondo minuto, 31 al terzo, 4N al quarto, X2 al quinto. Hai preso nota?" e, alla risposta affermativa di Silvia, rivolto ai due carabinieri, esclamò:

"Nessun problema di contaminazione radioattiva! Potete avvicinarvi e lasciar avvicinare i giornalisti, se credete. Noi ce ne possiamo andare. Arrivederci!"

Ma il maresciallo, lo stesso con cui c'era stato il vivace scambio di battute iniziale, lo fermò : "Un momento, quel foglietto lo deve consegnare a me perché deve essere messo a verbale; disposizioni superiori; eventualmente la manderemo a chiamare per avere delucidazioni sul contenuto."

Mike ebbe un attimo di incertezza, poi, rivolto a Silvia: "Andiamo, vuol dire che se non potrò tornare io a dare spiegazioni verrai tu."

30. La fuga

Tornarono alla transenna, dove li attendeva impaziente Gerhard, salutarono frettolosamente i tre di guardia e si avviarono a passo rapido sul sentiero del ritorno, dopo aver faticato a superare il capannello di curiosi e di giornalisti che volevano sapere qualcosa sul relitto. Mike li seminò trincerandosi dietro un abile: "Non posso parlare! Segreto d'ufficio."

Appena superata una curva, Mike rivolto verso i due compagni di avventura: "Gerhard, presto mi dia una biro, altrimenti mi dimentico quei numeri!", ma Gerhard serafico gli rispose: "Non si preoccupi, già fatto! quando lei ha chiamato Silvia urlando come una belva ferita, ho capito che dovevo stare pronto a recepire qualche importante messaggio e quando poi le ha dettato i numeri scandendoli con estrema lentezza e urlandoli a squarciagola, ho potuto avere tutto il tempo di trascriverli: 2317314NX2."

Mike di rimando, non senza sarcasmo: "E' la prima volta che le vedo fare qualcosa di intelligente, e ora diamocela a gambe!"

Mike affrontò la discesa fino alla seggiovia come se l'avesse morso una tarantola e non rispose alle lamentele di Silvia che non riusciva a mantenere il suo passo. Giunti alla stazione, fece i biglietti per la discesa a San Martino e, mentre aspettavano il loro turno, sussurrò: "E' meglio andare a San Martino: troveremo di certo un mezzo che ci porterà a metà della salita al passo Rolle a riprendere il pullmino: poi vi spiegherò."

Giunti faticosamente in paese, Mike sentendosi ormai in salvo, spiegò: "Come avete capito, mi sono presentato abusivamente come l'esperto richiesto all'Università di Trento, dove per fortuna conosco il professor Zanetti. Se dovesse arrivare il vero esperto, ci daranno la caccia per tutto il Trentino e per colpa tua non sarebbe difficile trovarci!"

"Come, per colpa mia?", esclamò allibita Silvia.

"Certo, non hai visto come ti mangiavano tutti con gli occhi, hai fatto di tutto per farti notare...", e fece appena in tempo a scansarsi per evitare il ceffone che Silvia gli aveva indirizzato.

Mike, nel vedere l'imponente spiegamento di carabinieri e polizia, si avvicinò all'orecchio di Silvia e le sussurrò : "Presto, entra in quel bar e chiedi della toilette, facendo finta di sentirti male!" Poi le strappò la giacca a vento troppo vistosa, rosso vivo, e le fece indossare la sua, blu scuro, quindi le calcò in testa il suo berretto verdone, mentre Gerhard lo guardava incuriosito. Mike spiegò: "Presto! la raggiunga nella toilette del bar e scambiatevi i vestiti, cercando di nascondere il più possibile i capelli di Silvia. Anzi, aspettate un attimo." Andò di corsa verso un negozio di ferramenta e ne uscì poco dopo trafelato tenendo in mano un paio di forbici; le porse a Gerhard, ordinando con aria perentoria: "Se non riuscite a nascondere i capelli di Silvia, glieli tagli senza pietà. Ricresceranno più belli di prima. Scusami, Silvia, ma temo proprio che sia necessario. Svelti, intanto io mi informo sugli orari della corriera per andare a riprendere il pullmino!"

Gerhard si affrettò verso il bar, raggiunse la toilette ed eseguì gli ordini di Mike. Quando uscirono qualche minuto dopo, Mike faticò a riconoscerli e non poté fare a meno di scoppiare in una sonora risata: "Mi sembrate due pellegrini diretti alla Mecca! credo che non riuscirebbe a riconoscervi neppure quello zelante maresciallo con il quale stavo quasi per litigare! a proposito, mi sono trattenuto dal raccontargli la barzelletta sui carabinieri nella quale si spiega perché vanno sempre in giro in coppia..."

"Perché?", lo interruppe Silvia, "sai che su Criptos non esistono forze dell'ordine, quindi non girano queste barzellette."

"E' semplice: uno legge, l'altro scrive!", rispose Mike euforico.

Erano ormai le 16 quando la corriera di linea li sbarcò a metà della salita del passo Rolle, dove risalirono sul pullmino dirigendosi verso il passo.

Ormai si era radunata una folla straboccevole, tra sciatori, curiosi venuti dalle valli vicine, giornalisti e forze dell'ordine c'erano almeno 500 persone e un'impressionante marea di auto parcheggiate selvaggiamente. Mike, che aveva ormai da tempo preso il comando delle operazioni, esclamò con decisione: "Non conviene fermarci qui al passo; è troppo rischioso: andiamo verso Predazzo, forse facciamo ancora in tempo a passare."

Ancora una volta Mike aveva avuto fiuto: a metà della discesa del Rolle verso Predazzo, più o meno nello stesso punto dove erano stati fermati all'andata, vennero fermati a un altro posto di blocco. Questa volta però l'obiettivo dei carabinieri era un altro: stavano cercando un tale che si era presentato come esperto, probabilmente per eseguire uno scoop giornalistico, riuscendo a entrare nell'astronave e fingendo di misurarne la radioattività. "Mi mostri i documenti, patente e libretto!", fu l'intimazione del carabiniere di turno. Mike si affrettò a ubbidire, presentando però la carta di identità sulla quale non era scritta la professione, poi gentilmente domandò: "E' successo qualcosa?" Il carabiniere non rispose e chiese a sua volta: "E questi due signori?" e Mike, prontamente: "Sono due miei amici tedeschi: abbiamo sentito dell'arrivo dei marziani e volevamo andare a vedere l'astronave, ma quando abbiamo visto il traffico e abbiamo sentito che per arrivarci ci vogliono ore di cammino e non è detto che ci lascino passare, abbiamo pensato che fosse meglio tornare indietro e vedere il servizio questa sera in televisione.Gerhard e Otto, date per favore i vostri documenti al maresciallo!"

Gerhard porse la sua carta di identità tedesca dove risultava trattarsi del signor Gerhard Reder, nato a Munchen il

14 luglio 1942 e l'appuntato, soddisfatto della promozione a maresciallo, senza aspettare il documento di Silvia, li accomiatò: "Prego, andate pure!"

Dopo un centinaio di metri, Silvia, sentendosi sicura perché ormai lontana dal posto di blocco, disse: "Vi siete resi conto di quale pericolo abbiamo corso? lo sapete che non posseggo alcun documento? meno male che si è accontentato di controllare quello di Gerhard!". Mike replicò prontamente: "Questo è niente! dobbiamo rivedere tutto il programma; innanzi tutto non posso usare il mio telefonino per parlare con Townes: infatti, se gli devo trasmettere il codice della Sterneschiff, è probabile che venga intercettato dalla polizia e potremmo correre il rischio di farci individuare subito; perciò, appena dopo Predazzo ci fermeremo in una cabina pubblica e proverò a chiamare Townes. Inoltre, questa sera non possiamo certamente tornare alla baita; la notizia del terzetto comprendente una stupenda bionda è giunta sicuramente anche a Dobbiaco e dintorni e là ci hanno notati, quindi sono convinto che la baita sia controllata dai carabinieri. Poi, tu, Silvia, non puoi certo uscire dal pullmino conciata così: dobbiamo procurarci almeno una parrucca con capelli lunghi neri e un diverso abbigliamento sportivo..." Questa volta toccò a Gerhard, il quale, da quando erano finite le schermaglie verbali con Mike, dimostrava di avere molto sale in zucca: "Secondo me, professore, stiamo esagerando in inutili precauzioni: a San Martino i carabinieri sanno che lei è professore all'Università di Milano, per aver visto i documenti e per averlo dichiarato lei stesso; il ragazzo della protezione civile inoltre ricorda sicuramente che lei è amico del prof. Zanetti e probabilmente ricorderanno anche il suo cognome. A che serve nasconderci? in fondo non abbiamo commesso nessun reato, non abbiamo toccato né danneggiato la Rettung, perciò, dopo che lei avrà telefonato a Pasadena, possiamo tranquillamente ritornare alla baita e se ci fermano, raccontare tutto: non abbiamo nulla da nascondere, non possono accusarci di niente, neppure di aver declinato false generalità. Perciò, stiamo calmi e andiamo a telefonare."

Sia Mike che Silvia convennero che la proposta di Gerhard era sensata, anche perché diventava indispensabile in tutti i casi recuperare al più presto il computer nell'eventualità di altri messaggi di Werner. Proseguirono il viaggio fino a fondo valle a Predazzo, ma Mike preferì continuare ancora perché notò ancora troppe pattuglie di carabinieri; verso le 18 giunsero a Canazei, dove la situazione pareva più tranquilla: Mike parcheggiò appena fuori paese dove la strada si inerpica verso il passo Sella e si avviò verso una cabina telefonica, non senza aver raccomandato ai due compagni di non uscire dal pullmino per nessun motivo.

Dopo reiterati tentativi, riuscì finalmente a mettersi in contatto con Townes che stava aspettando la sua telefonata con buone notizie per lui. Mike riferì tutti i dati richiestigli sulla Sterneschiff e Townes, mentre li trascriveva, commentava favorevolmente con una serie interminabile di "o'key" e di "very good"; quindi Mike espose il progetto di inviare un messaggio al numero trovato sulla Rettung per chiedere al comandante Werner di comunicare le coordinate della Sterneschiff. A questo punto, Townes si riservò di sentire il parere dei tecnici del centro, rassicurando Mike di aver già trovato un centro spaziale di recente apertura in grado di puntare un potente laser sulla Sterneschiff; si trattava del Target Space Center di Startown16, dal quale avevano già provato con ottimi risultati a effettuare correzioni di traiettoria addirittura sulla Space Shuttle, ben più pesante della Sterneschiff. Nel frattempo era finita la scheda telefonica e Mike, pregando Townes di restare vicino all'apparecchio, dovette interrompere la conversazione per andare a cercare una rivendita di tessere telefoniche. Ritornò al pullmino, tranquillizzando Silvia e Gerhard, e dopo un quarto d'ora fu di ritorno e si rimise in contatto con Townes. Tra le altre cose, Townes gli riferì che aveva dovuto divulgare la notizia e che presto tutto il mondo sarebbe stato informato dell'avventura della Sterneschiff, il che in fondo non sarebbe stato un male, perché sarebbe potuto arrivare qualche utilissimo suggerimento da qualche centro specializzato. L'unico che poteva rischiare una brutta figura se tutto si fosse rivelato una fantasiosa invenzione di Silvia e Gerhard era Mike, ma il fatto di aver visto la Rettung con i propri occhi lo tranquillizzava. Townes promise che lo avrebbe chiamato da Pasadena al cellulare entro le successive quarantottore.

Ritornato al pullmino, Mike riferì ogni dettaglio ai compagni di viaggio. Si era fatto tardi ormai, erano da poco passate le 19 e Mike propose di fermarsi a cena e pernottare da quelle parti, anche perché sarebbe stato sconsigliabile percorrere al buio e con le strade ghiacciate e innevate i tortuosi tornanti della statale del passo Pordoi. Silvia però obiettò: "E se mi chiedono i documenti?", ma Mike la tranquillizzò, ostendando la consueta sicurezza: "Non preoccuparti! vedrai che in qualche modo faremo!"

Ormai erano abituati alla sua abilità di trarsi d'impaccio anche nelle situazioni più critiche e dovettero ancora una volta fidarsi di lui.

Proseguirono per qualche chilometro fino al bivio per il Pordoi e giunsero a un alberghetto isolato situato in una radura circondata da larici; parcheggiarono il pullmino ed entrarono; venne loro incontro un'austera e distinta signora di mezza età che aveva l'aria di essere la padrona dell'albergo e che li accolse con gentilezza, sbirciando con aria sospetta l'insolito abbigliamento di Silvia e di Gerhard: "Volete cenare? vi faccio portare subito il menù con tutte le specialità della casa, però non dovete aver fretta perché non teniamo piatti pronti; ci teniamo alla nostra clientela." Mike di rimando: "Grazie sì, vorremmo cenare anche perché è da ieri sera che non mandiamo giù un boccone. E' stata proprio una giornataccia: abbiamo voluto fare un'escursione al Grande Cir17 e siamo stanchi morti! Sarebbe possibile anche pernottare? non abbiamo pretese, va bene anche una camera a tre letti, tanto siamo tutti uomini; le devo precisare però che il mio amico Otto ha lasciato a casa i documenti".

La signora lo guardò dubbiosa, poi squadrò nuovamente Gerhard e Silvia e infine esclamò: "Non si potrebbe senza documenti, però, per una sola notte in camera tripla, chiuderò un occhio! Accomodatevi pure in sala." Dopo i ringraziamenti di Mike, entrarono in un'accogliente saletta arredata con grande buon gusto in stile rustico tutta in legno e velluto rosso, luci soffuse sulle pareti accanto a ogni tavolo e al centro un grande tavolo con tutte le specialità di antipasti, formaggi e dolci: "Se, intanto che ordinate il primo, volete assaggiare qualche antipasto, servitevi pure: sono anche queste specialità della casa.", fece la signora. Ovviamente i tre non si fecero pregare nel dare l'assalto al banco; la serata terminò in allegrìa, dovuta in parte all'ottimo Teroldego del Trentino con cui annaffiarono il tutto, ma anche alle benauguranti prospettive giunte da Pasadena e con la ricostruzione degli episodi più umoristici dell'intensa giornata.

All'indomani di buon'ora ripartirono per ritornare alla baita; lasciato come al solito il pullmino a lato della statale, i tre iniziarono la faticosa salita notando che la neve presentava numerose tracce come se fosse passato un intero esercito e non il solito drappello di alpini che andava tutte le mattine a esercitarsi:

"Vi siete resi conto che avevo ragione? troveremo qualcuno che ci aspetta davanti alla baita, ammesso che non abbiano sfondato la porta. Le raccomando di non perdere la testa e di mantenere la calma.", disse Gerhard, continuando: "Ricordiamoci che stiamo aspettando notizie vitali da Pasadena, quindi lasciamoli fare, senza esasperarli."

"Sono d'accordo, però tutto ha un limite: non dimentichiamoci che lassù c'è il computer e che è importante che non ce lo portino via o lo sequestrino, altrimenti siamo perduti.", fece notare Mike.

Era proprio come temevano: non appena usciti dal bosco, due carabinieri del drappello che stazionavano davanti alla porta della baita andarono loro incontro e quello che doveva essere il responsabile dell'unità si rivolse loro con molta gentilezza:

"Buongiorno, sono il tenente Fracca, volete mostrarmi i vostri documenti? stiamo cercando tre persone che hanno tutta l'aria di rassomigliarvi moltissimo..."

"Indovinato," fece Mike, "siamo quelli del Cimone, ma perché ci state cercando?"

"Come, ha anche il coraggio di chiederlo? ne avete fatte di tutti i colori: vi siete presi gioco del maresciallo di guardia all'astronave, avete declinato false generalità al posto di blocco, vi siete anche travestiti e, quel che è più grave, avete violato un segreto militare in zona vietata entrando nell'astronave, che era stata posta sotto sequestro dalle forze dell'ordine. Roba da codice penale! Per favore, i documenti, presto!"

Gerhard, che aveva tanto raccomandato la calma per primo, stava per esplodere, ma Mike lo trattenne e prese la parola:

"Stia calmo, tenente: andiamoci piano con le accuse! Innanzi tutto le ricordo che lei non è un magistrato e che non può emettere sentenze. In secondo luogo, le dico chiaramente che lei sta farneticando, perché nessuno dei reati che lei ci attribuisce con tanta facilonerìa è stato da noi commesso: non è vero che abbiamo preso in giro il maresciallo, tant' è che, dopo aver preso visione dei miei documenti, ci ha lasciati passare in due; non è vero che abbiamo declinato false generalità, perché i documenti mostrati al maresciallo che ci ha fermati sono gli stessi che può vedere lei e mi dica cosa hanno di irregolare" e mostrò il suo documento e quello di Gerhard che nel frattempo glielo aveva consegnato. Infine, lei dovrebbe sapere meglio di noi che una zona militare deve essere recintata e adeguatamente segnalata con tanto di cartello e l'unico cartello che abbiamo visto in zona era una specie di segnale turistico che indicava il sentiero per l'astronave. Vuole proprio sapere cosa abbiamo fatto? niente scoop giornalistico, come avete comunicato alla stampa, niente spionaggio cosmico: ci interessava solo un numero stampigliato all'interno della navicella, quella che lei insiste ampollosamente nel chiamare astronave."

"Queste cose le dirà al magistrato, non a me: io devo solo eseguire gli ordini e portarvi in caserma a Dobbiaco!", lo interruppe bruscamente il tenente, mostrando l'ordine di comparizione.

"Va bene, lei fa solo il suo dovere. Ci permetterà almeno di entrare a cambiarci? anzi, potrebbe entrare anche lei a bere un caffè insieme a noi." "E i documenti della signorina dove sono?", insistette il tenente, restituendo gli altri due.

"Non posseggo documenti, perché al mio paese non si usano.", chiarì Silvia.

"Come sarebbe a dire? non esiste alcun paese a questo mondo in cui non si usino documenti di identità…!"
Silvia interruppe nuovamente il tenente: "Ha detto bene: a questo mondo , ma in altri lei non lo può sapere!" "Signorina, non è il caso di fare dello spirito! Avanti, mi favorisca i suoi documenti!", insistette il tenente e questa volta fu Mike a intervenire:
"Allora, non vuol proprio credere alla signorina! le ha detto chiaro e tondo che lei viene da un altro mondo e che là non si usano documenti."
Il tenente arrossì dalla rabbia: "Guarda se dopo aver trascorso tutta la notte all'addiaccio mi devo anche sentir prendere in giro! con chi credete di aver a che fare? lo sa che sta offendendo un pubblico ufficiale e che farò aggiungere anche questa ai capi di accusa?"

E Mike, ostentando la massima tranquillità: "Anche lei, signor tenente, sta parlando con un pubblico ufficiale18, quindi si può invertire il discorso: ma perché non entra con i suoi ragazzi a prendere qualcosa di caldo; se poi magari ci vuole ascoltare con calma, vedrà che si chiarirà tutto." Anche Silvia con un convincente sorriso ripetè l'invito e il tenente Fracca aggiunse con tono severo: "Entriamo un momento proprio per far riscaldare questi poveri ragazzi, ma non crediate di farla franca."

Mentre Gerhard faceva accomodare il gruppo, Silvia si avviò verso la cucina per preparare il caffè e Mike iniziò subito a spiegare: "... Io per primo ho considerato fin dall'inizio tutto il racconto come pura fantascienza, ma mi sono dovuto arrendere all'evidenza dei fatti, quando ho potuto toccare con mano la Rettung. Capisce ora perché per noi era una questione vitale quella sigla: l'abbiamo già trasmessa al centro di Pasadena e stiamo attendendo una risposta da un momento all'altro..."

Il tenente, che in fondo era un buon diavolo anche se voleva assumere di fronte ai suoi ragazzi la severa veste del capo, lo interruppe: "Può darsi che sia tutto vero, ma io ho ricevuto ordini precisi e devo eseguirli, perciò ora rivestitevi e venite con noi in caserma."

Silvia lo supplicò: "Non le stiamo chiedendo di disobbedire, ma le chiediamo solo di attendere la chiamata;" e, guardandolo con i suoi occhioni profondi: "pensi se a bordo di quella nave ci fosse la sua famiglia e sapesse che anche il minimo ritardo potrebbe essere fatale! su, sia comprensivo: in fondo in caserma non sanno a che ora siamo rientrati alla baita e stia tranquillo che non abbiamo in mente nessun tentativo di fuga; sapevamo che vi avremmo trovati qui davanti e allora il fatto stesso che siamo venuti le fa capire che non avevamo nessuna intenzione di scappare!" Lo sguardo dolce di Silvia e la sua voce calda e suadente convinsero il tenente: "E quanto dovremmo aspettare?"

Nessuno fece in tempo a rispondere perché si udì bussare alla porta: era l'alpino che il giorno prima aveva dato a Mike la notizia del ritrovamento della Rettung: appena vide i cinque carabinieri, si mise sull'attenti, eseguì il saluto di ordinanza e raccontò le ultime notizie: "Professore, lo sa che tutti i giornali parlano di voi tre? la vostra storia ha fatto il giro del mondo! ma è tutto vero quello che dicono? che in America stanno organizzando i soccorsi per riportare a terra l'astronave, che a bordo ci sono più di cento persone che dopo aver vissuto per anni su un altro pianeta ora ritornano a terra, che lei ha rintracciato un numero segreto per mettersi in contatto con l'astronave e che la signorina è sbarcata da quella specie di disco volante?", e consegnò a Mike una copia fresca fresca dell'Alto Adige, il quotidiano locale, che riportava in prima pagina tutti i particolari del fatto.

Anche il tenente volle leggere attentamente il lungo articolo e, terminata la lettura, visto il cellulare di Mike, chiese se poteva parlare con il comando di Dobbiaco per chiedere il da farsi: "Mi pare che a questo punto non ci sia più motivo di portarvi in caserma. Ma sentiamo cosa ne pensa il capitano."

Anche in caserma sapevano tutto e giunse il contrordine di lasciare liberi i tre, accompagnato dai più calorosi auguri per il recupero della Sterneschiff. L'alpino si accomiatò chiedendo di essere tenuto informato sugli ulteriori sviluppi e Mike si profuse insieme a Gerhard e Silvia in ringraziamenti per la comprensione mostrata dal tenente Fracca, il quale ora era ansioso di vedere come andavano a finire le cose: "Ma perché non telefona lei a quel signore? ogni minuto che passa è una probabilità in meno di salvare l'equipaggio! se crede, potremmo occuparci noi dalla caserma per avere subito libera la linea intercontinentale!"

Mike lo ringraziò: "Lei è molto disponibile e comprensivo, ma ora in America sono le cinque di mattina e non troverei nessuno; dobbiamo attendere almeno ancora un paio d'ore; nel frattempo però diamo un'occhiata al computer: chissa se c'è qualche novità."

16 Anche questo nome (letteralmente Città stellare), come altri in precedenza (Skybridge, Brain University, Utopia University ecc) è inventato (N.d.A.)
17 Una via ferrata al passo Gardena (N.d.A.)
18 Il professore universitario è infatti un pubblico ufficiale (N.d.A.)

31. Un piacevole imprevisto

Si alzò e accese il computer e ancora una volta il suo fiuto fu premiato: sul monitor comparve la scritta: **Internal failure repaired. Save and exit. Ok.Werner.** (Riparato il guasto interno. Siamo salvi e stiamo uscendo. Tutto bene.) Un urlo di gioia fece tremare i vetri del locale: sulla Sterneschiff erano riusciti a riparare il guasto al sistema di orientamento del timone e ora uscivano dal corridoio dei pianetini verso la salvezza!

E' facile immaginare come i nostri tre amici e il gruppo dei carabinieri che ormai partecipava agli eventi come fossero interessati in prima persona accolsero la notizia: si facevano strada tra una ridda di ipotesi tutte le più impensabili soluzioni della vicenda: "Chissà se hanno ricevuto il messaggio da Pasadena! ma allora il puntamento laser non serve più! no, penso che sia comunque necessario perché il computer dice solo che hanno riparato il guasto, ma non dice se hanno potuto riprendere la rotta per la Terra! e poi, con quale velocità procederanno? se non è relativistica potrebbero metterci anni ad arrivare, e le scorte basteranno? però hanno chiaramente detto che sono in salvo (Save) e che sono usciti dal corridoio (Exit)! sì, ma non hanno detto che stanno puntando verso Terra! e tante altre ipotesi che si moltiplicavano all'infinito.

La animata discussione fu interrotta dallo squillo del cellulare di Mike, che scattò di corsa a rispondere. Nessuno era in grado di capire una parola di ciò che diceva Mike e tutti pendevano ansiosamente dalle sue labbra, impazienti che la telefonata finisse per sapere qualcosa. Il colloquio durò quasi dieci minuti e Mike prendeva appunti di tutto ciò che gli veniva detto all'altro capo dell'apparecchio. Finalmente, salutato calorosamente Townes, Mike poté riferire come stavano le cose:

"Tutto bene! non lo avrei mai sperato! ieri, dopo la mia telefonata hanno inviato da Sky Bridge un messaggio verso
la Sterneschiff: dopo sole due ore hanno avuto la risposta:
la nave si trova ora a circa 100 milioni di chilometri dalla Terra, l'avaria è stata riparata e ora la Sterneschiff sta
viaggiando puntando verso Terra con una velocità non
relativistica, ma sempre alta, di circa 60 chilometri al secondo, per cui è previsto l'ingresso alle soglie dell'atmosfera terrestre tra una ventina di giorni; stanno tutti bene
e hanno ancora una scorta di viveri più che sufficiente.
Townes ha aggiunto che la sola cosa che potrebbe creare
qualche problema è la velocità con cui entreranno nell'atmosfera: si terranno in continuo contatto radio con la Sterneschiff, perché non sono riusciti a capire se la velocità è
regolabile; infatti, se l'impatto con l'atmosfera avvenisse
a 60 chilometri al secondo, l'attrito farebbe arroventare la
nave e andrebbero tutti arrosto. A Startown stanno mettendo a punto un laser nell'eventualità di dover intervenire per frenare la Sterneschiff. Questo lo sapremo nei
prossimi giorni. E ora tutti a tavola: dobbiamo brindare
alla lieta conclusione dell'impresa!"
Nonostante il caloroso invito di Silvia, che nel frattempo
aveva indossato una sgargiante tuta verde smeraldo che
si intonava perfettamente con il biondo oro dei suoi capelli fasciandole il corpo in modo da rivelare le sue splen-
dide forme, i carabinieri lo dovettero a malincuore decli-
nare perché costretti al rientro, ma se ne andarono con la
promessa che sarebbero tornati a festeggiare dopo venti
giorni, all'effettivo atterraggio della Sterneschiff, non senza lanciare languide occhiate a Silvia.
Dopo giorni di tensione, malintesi e paure si misero a tavola per la prima volta in un'atmosfera di gioia e di serenità; dopo il brindisi benaugurante e il caffè corretto,
Gerhard si alzò:
"Bene, ragazzi: ci vediamo tra una quindicina di giorni,
la discrezione mi impone di lasciarvi soli; in fondo, siete

in ritardo solo di cinque giorni sul programma di lavoro e avete tutto il tempo per recuperare. Non parlerete più di fisica, ma credo di non dovervi suggerire come passare il tempo in questa romantica baita. Buona vacanza e a risentirci presto!" Una vigorosa stretta di mano a Mike e un affettuoso bacio alla sorellina e Gerhard li lasciò soli.

"Non pensavo, dopo gli screzi dei primi giorni, che Gerhard fosse capace di queste delicatezze!", fu il commento di Mike," però devo confessarti che non mi dispiace stare solo con te senza più l'assillo dell'antimateria..." Silvia lo interruppe: "Stai diventando romantico? Allora, mettiamo su *La Sinfonìa delle Alpi*? è tanto tempo che ho voglia di risentirla e penso proprio che sia l'atmosfera adatta, in questa baita con il panorama che ci circonda e ripropone tutta la solennità del brano! Tu intanto accendi il computer e mostrami la composizione che mi hai dedicato."

Mentre Silvia inseriva la musicassetta di Strauss, Mike accese il computer e cercò la poesìa. Silvia venne ad accoccolarsi accanto a lui sul divano e spense la lampada a gas: il monitor si leggeva meglio al buio o con i pochi raggi di sole che filtravano dalle ante. Ed ecco finalmente la Canzone a Silvia:

Canzone a Silvia

Lievi i capelli tuoi fruscian nel vento,
l'eburnea pelle tua di mirto odora,
nell'aria mite dell'inverno io sento
un languido tremor che m'innamora.

Odo cori cherubici cantare,
negli occhi tuoi specchiarsi io veggo 'l cielo,
e gocce di rugiada sullo stelo
del giglio che si schiude al tuo passare.

Nel solingo sentiero del mio core

questo dolce desìo Silvia mi desta,
apre 'l solco profondo dell'amore,
gaudioso è 'l core mio ch'è tutto in festa.

"Ma chi era il Petrarca al tuo confronto? povera Laura,
cosa hai perso a non conoscere Mike!", fu il commento di
Silvia, mentre si stringeva forte a Mike. "Quanto tempo
hai impiegato a comporre questa dolcissima ode? ma davvero pensi a tutto ciò che hai scritto? perché non me lo hai
mai fatto capire in tutti questi mesi?" Mike la accarezzò
e aggiunse: "Sai perché quel bellissimo lago le cui acque
hanno il profondo colore dei tuoi occhi l'hanno chiamato
lago di Carezza? perché il vento accarezza dolcemente le
cime dei larici, come sto facendo ora io con te: non senti lo
stormir dei rami?", ed ecco le carezze del vento:

Carezze di vento

Un timido raggio ridente
occhieggia tra i larici biondi;
attende l'alpeggio silente
ch'el sole dell'alba l'inondi.

Nel bosco la vita riprende,
fa festa 'l fringuello con l'ale
e su per la roccia che splende
ardito il camoscio risale.

Un tiepido soffio di brezza
sul lago dal Latemar spira
sfiorando, qual lieve Carezza,
il fior che nell'acque si mira.

"Il bellissimo fiore che si rispecchia nelle acque sei tu, Silvia!", sussurrò Mike intonando poi una dolcissima nenia:

Per Te

Per te, il sole brilla in ciel,
per te splende l'arcobalen,
per te il mare argenta ancor
la neve ha il suo candor
le stelle lo splendor, amor.

Per te la primavera ancor
ci allieta con i fior
l'estate col calor del sol.
Per te il fiume lento va
nella sua libertà
verso l'eternità.

Per te il vento soffierà,
profumi di vita porterà,
per te il mio cuore si aprirà
l'amore sgorgherà,
la vita tornerà.

Per te tutta l'umanità
di gioia canterà
là nell'immensità del ciel.
Per te la cetra suonerà,
la lira piangerà

Silvia, senza parlare, si alzò dal divano per ricomparire poco dopo indossando una vaporosa vestaglia da notte; ritornò verso il divano e si gettò tra le braccia di Mike, ma lui si alzò di scatto, avviandosi verso il lettore Compact ed esclamando: "Eh, no! non sarebbe meglio spegnere la Sinfonìa delle Alpi? dopo quello che mi avete raccontato tu e Gerhard è bene essere cauti: materia, antimateria e Strauss sono una miscela esplosiva!"

Sommario

© Michelangelo Fazio — Febbraio 2016
© Mnamon — Febbraio 2016
ISBN 9788869491061

www.ingramcontent.com/pod-product-compliance
Lightning Source LLC
Chambersburg PA
CBHW030349180626
46812CB00007B/2812